U0164037

寫在《朱光潛文集》出版之前

自西方思潮傳入中國以後，只有少數學者能夠在兩種完全不同的文化衝擊下站穩脚跟，進而自由自在地悠游於兩者之間，並能創造出自己的學術領域，朱光潛先生就是這少數的幾位學者之一，他也是我國美學研究的開創者，以及最負盛望的美學家。

朱先生幼年接受中國傳統的私塾教育，但在二十歲時即遠赴香港大學，專攻英國語言文學，正式步入西方文化的領域。其後並到歐洲留學深造，朝美學的目標前進。從朱氏許多論著中我們可以發現，中國傳統文化非但沒有阻礙他對西方文化的吸收，反而使他在面對西方文化時作了很多正確的選擇，並且利用西方文化的某些優點，對傳統文化重新闡釋，爲中國文化走出一條新路。

《給青年的十二封信》、《談美》、《詩論》、《談文學》、《談修養》這五本書，是朱氏特別針對青少年所寫的，用語淺顯，說理更是明確。雖然坊間已有許多翻印本，但本社特別選擇最好的版本，並加入作者的自傳以及珍貴照片多幀，幫助讀者對他的作品有更深入的了解。值此出版之際，特爲讀者說明。

編輯部　民國七十九年三月

1930年前後在英國留學

朱光潛1930年前後在英國留學時與師友的合影
(前排立者右五爲朱光潛)

1932年前後在法國斯特拉斯堡大學學習

朱光潛與夫人奚今吾1933年攝於倫敦

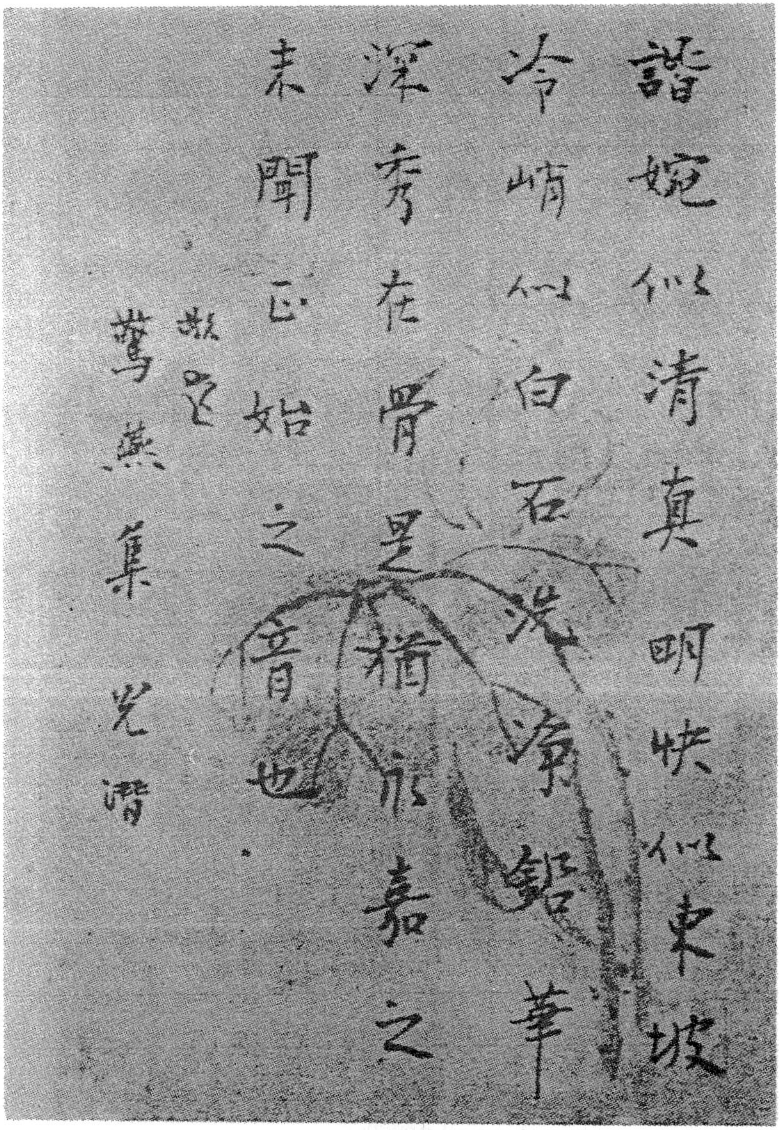

1944年爲劉永濟《鷲燕集》題詞

1946年朱光潛偕夫人奚今吾於成都少城公園

朱光潜先生像

八十年代初在家門前

朱光潛文集 4

談文學

朱光潛 著

目錄

作者自傳
序　一
文學與人生　三
資稟與修養　一一
文學的趣味　一九
文學上的低級趣味(上)：關於作品內容　二七
文學上的低級趣味(下)：關於作者態度　三七
寫作練習　四七
作文與運思　五五
選擇與安排　六三
咬文嚼字　七一
散文的聲音節奏　七七

文學與語文(上)：內容、形式與表現 八七
文學與語文(中)：體裁與風格 九七
文學與語文(下)：文言、白話與歐化 一〇七
作者與讀者 一一九
具體與抽象 一三一
情與辭 一三九
想像與寫實 一四七
精進的程序 一五三
談翻譯 一五九

作者自傳

我筆名孟實，一八九七年九月十九日出生於安徽桐城鄉下一個破落的地主家庭。父親是個鄉村私塾教師。我從六歲到十四歲，在父親鞭撻之下受了封建私塾教育，讀過而且大半背誦過四書五經、《古文觀止》和《唐詩三百首》，看過《史記》和《通鑒輯覽》，偷看過《西廂記》和《水滸》之類舊小說，學過寫科舉時代的策論時文。到十五歲才入「洋學堂」（高小），當時已能寫出大致通順的文章。在小學只待半年，就升入桐城中學。這是桐城派古文家吳汝綸創辦的，所以特重桐城派古文，主要課本是姚惜抱的《古文辭類纂》。按教師的傳授，讀時一定要朗誦和背誦，據說這樣才能抓住文章的氣勢和神韻，便於自己學習作文。我從此就放棄時文，轉而摸索古文。我得益最多的國文教師是潘季野，他是一個宋詩派的詩人，在他的薰陶之下，我對中國舊詩養成了濃厚的興趣。一九一六年中學畢業，在家鄉當了半年小學教員。本想考北京大學，慕的是它的「國故」，但家貧拿不起路費和學費，只好就近考進了不收費的武昌高等師範學校中文系。我很失望，教師不如桐城中學的。除了圈點一部段玉裁的《說文解字注》，略窺中國文字學門徑之外，一無所獲。讀了一年之後，就碰上北洋軍閥的教育部從全國幾所高等師範學校裏考選一批學生到香港大學去學教育。我考取了，從一九一八年到一九二二年，我就在這所英國人辦的大學裏學了一點教育學，但主要地還是學了英國語言和文學，以及生物學和心理學這兩門自然科學的一點常識。這就奠定了我這一生教育活動和學術活動的方向。

我到香港大學後不久，就發生了五四運動，洋學堂和五四運動當然漠不相干。不過我在私塾裏就酷愛梁啓超的《飲冰室文集》，頗有認識新鮮事物的熱望。在香港還接觸到《新青年》。我看到胡適提倡白話文的文章，心裏發生過很大的動盪。我始而反對，因爲自己也在「桐城謬種」之列，可是不久也就轉過彎來了，毅然決然地放棄了古文和文言，自己也學著寫起白話來了。我在美學方面的第一篇處女作〈無言之美〉就是用白話文寫的。寫白話文時，我發現文言的修養也還有些用處，就連桐城派古文所要求的純正簡潔也還未可厚非。

香港畢業後，通過同班友好高覺敷的介紹，我結識了吳淞中國公學校長張東蓀。應他的邀約，我於一九二二年夏，到吳淞中國公學中學部教英文，兼校刊《旬刊》的主編。當我的編輯助手的學生是當時還以進步面貌出現的姚夢生，即後來的姚蓬子。在吳淞時代我開始嘗到複雜的階級鬥爭的滋味。我聽過李大釗和惲代英兩先烈的講話。

由於我受到長期的封建教育和英帝國主義教育，同左派鄭振鐸和楊賢江，以及右派中國青年黨陳啓天、李璜等人都有些往來，我雖是心向進步青年卻不熱心於黨派鬥爭，以爲不問政治，就高人一等。江浙戰爭中吳淞中國公學被打垮了，我就由上海文藝界朋友夏丏尊介紹，到浙江上虞白馬湖春暉中學教英文，在短短的幾個月之中我結識了後來對我影響頗深的匡互生、朱自清和豐子愷幾位好友。匡互生當時和無政府主義者有些往來，還和毛澤東同志同過學，因不滿意春暉中學校長的專制作風，建議改革而沒有被採納，就憤而辭去教務主任職，掀起一場風潮。我也同情他，跟他一起採取斷然態度，離開春暉中學跑到上海去另謀生路。我和他到了上海之後，夏丏尊、章錫琛、豐子愷、周爲羣等，也陸續離開春暉中學趕到上海。上海方面又陸續加上葉聖陶、胡愈之、周予同、陳之佛、劉大白、夏衍幾位朋友。我們成立了一個立達學會，在江灣籌辦了一所立達學園。開辦的宗旨是在匡互生的授意之下由我草擬後正式公布的。這個宣言提出了教育獨立自由的口號。矛頭直接針對著北洋軍閥的專制教育。與立達學園緊密聯繫在一起的還有由我們籌辦的開明書店和一種刊物（先叫《一般》，後改名《中學生》）。「開明」是「啓蒙」的意思，爭取的對象是以中學生爲主的青年一代。這家書店就是一九四九年後由葉聖陶在北京主持的青年書店，即中國青年出版社的前身。我把上海的這段經歷說詳細一點，因爲這是我一生的一個主要轉折點和後來一些活動的起點。我的大部分著述都是爲青年寫的，而且是由開明書店出版的。

立達學園辦起來之後，我就考取安徽官費留英。一九二五年夏，我取道蘇聯赴英，正值蘇聯執行新經濟政策時代，在火車上和蘇聯人攀談過，在莫斯科住過豪華的歐羅巴飯店，也在烟霧瀰漫、骯髒嘈雜的小酒店裏喝過伏特加，啃過黑麵包，留下了一些既興奮而又不很愉快的印象。到了英國，我就進了由香港大學的蘇格蘭教師沈順教授所介紹的愛丁堡大學。我選修的課程有英國文學、哲學、心理學、歐洲古代史和藝術史。令我至今懷念的導師有英國文學方面的谷里爾生教授，他是蕩恩派「哲理詩」的宣揚者，對英國艾略特「近代詩派」和對理查茲派文學批評都起過顯著的影響。哲學導師是侃普．斯密斯教授，研究康德哲學的權威，而教給我的卻是懷疑派休謨的《自然宗教的對話》。列寧在《唯物主義和經驗批判主義》裏還讚許過他。美術史導師布朗老教授用幻燈來就具體藝術傑作説明藝術發展史，課程結束那一天早晨照例請全班學生們吃一餐早點。一九二九年在愛丁堡畢業後，我就轉入倫敦大學的大學學院，聽淺保斯教授講莎士比亞，對他的繁瑣考證和所謂「版本批評」我感到厭煩，於是把大部分功夫花在大英博物館的閱覽室裏。倫敦和巴黎只隔一個海峽，所以我同時在巴黎大學註册，偶爾過海去聽課，聽到該校文學院長德拉庫瓦教授講「藝術心理學」，甚感興趣，他的啓發使我起念寫《文藝心理學》。前此在愛丁堡大學時我在心理學研究班裏宣讀過一篇〈悲劇的喜感〉論文，頗受心理學導師竺來佛博士的嘉許，勸我以此爲基礎去進行較深入的研究，於是我起念要寫一部《悲劇心理學》，作爲博士論文。後來就離開了英國，轉到萊茵河畔斯特拉斯堡大學。一則因爲那是德國大詩人歌德的母校，地方比較僻靜，生活較便宜；二則那地方法語和德語通用，可趁機學習對我的專科極爲重要的德語。我的論文《悲劇心理學》是在該校心理學教授夏爾・布朗達爾指導之下寫成和通過的。

在英法留學八年之中，聽課、預備考試只是我的一小部分的工作，大部分的時間都花在大英博物館和學校的圖書館裏，一邊閱讀，一邊寫作。原因是我一直在鬧窮，官費經常不發，不得不靠寫作來掙稿費吃飯。同時，我也發現邊閱讀、邊寫作是一個很好的學習方法。這樣學習比較容易消化，容易深入些。我在一九四九年前的主要著作大部分都是在學生時代寫出的。一到英國，我就替開明書店的刊物《一般》和後來的《中學生》寫稿，曾搜輯成《給青年的十二封信》出版。這部處女作現在看來不免有些幼稚可笑，但當時卻成了一種最暢銷的書，原因在我反映了當時一般青年小知識分子的心理狀況。我和廣大青年建立了友好關係，就從這本小册子開始。此後我寫出文章不愁找不到出版處。接著我就寫出了《文藝心理學》和它的縮寫本《談美》；一直是我心中主題的《詩論》，也寫出初稿；並譯出了我的美學思想的最初來源——克羅齊的《美學原理》。此外，我還寫了一部《變態心理學派別》（開明書店）和一部《變態心理學》（商務印書館），總結了我對變態心理學的認識。在羅素的影響之下，我還寫過一部敘述符號邏輯派別的書（稿交商務印書館，抗日戰爭中遭火焚掉）。這些科目在現代美學中都還在產生影響。

回國前，由舊中央研究院歷史所我的一位高師同班友好徐中舒把我介紹給北京大學文學院長胡適，並且把我的《詩論》初稿交給胡適作爲資歷的證件。於是胡適就聘我任北大西語系教授。我除在北大西語系講授西方名著選讀和文學批評史之外，還拿《文藝心理學》和《詩論》在北大中文系和由朱自清任主任的清華大學中文系研究班開過課。後來我的留法老友徐悲鴻又約我到中央藝術學院講了一年《文藝心理學》。

當時正逢「京派」和「海派」對壘。京派大半是文藝界舊知識分子，海派主要指左聯。我由胡適約到北大，自然就成了京派人物，京派在「新月」時期最盛，自從詩人徐志摩死於飛機失事之後，就日漸衰落。胡適和楊振聲等人想使京派再振作一下，就組織一個八人編委會，籌辦一種《文學雜誌》。編委會之中有楊振聲、沈從文、周作人、俞平伯、朱自清、林徽音等人和我。他們看到我初出茅廬，不大爲人所注目或容易成爲靶子，就推我當主編。由胡適和王雲五接洽，把新誕生的《文學雜誌》交商務印書館出版。在第一期我寫了一篇發刊詞，大意說在誕生中的中國新文化要走的路宜於廣闊些，豐富多彩些，不宜過早地窄狹化到只准走一條路。這是我的文藝獨立自由的老調。《文學雜誌》儘管是京派刊物，發表的稿件並不限於京派，有不同程度左派色彩的作家們如朱自清、聞一多、馮至、李廣田、何其芳、卞之琳等人，也經常出現在《文學雜誌》上。雜誌一出世，就成爲最暢銷的一種文藝刊物。儘管它只出了兩期就因抗日戰爭爆發而停刊，至今文藝界還有不少的人記得它（不過抗戰勝利後復刊，出了幾期就日漸衰落了）。

抗日戰爭爆發後，我就應新任代理四川大學校長的張頤之約，到川大去當文學院長。到了一九四二年，由於校内有湘皖兩派之爭，我是皖人而和湘派較友好，王星拱就拉我當教務長來調和内訌。其間曾爲《中央周刊》寫了兩年稿子，後來集成兩本册子，一是《談文學》，一是《談修養》。我在四川時期，以重慶爲抗戰中基地的全國文聯曾選舉我爲理事。一九四九年後不久我在北京恢復了文聯理事的身份。在美學討論開始前，胡喬木、鄧拓、周揚和邵荃麟等先生就已分別向我打過招呼，說這次美學討論是爲澄清思想，不是要整人。我積極地投入了這場論爭，不隱瞞或迴避我過去的美學觀點，也不輕易地接納我認爲並不正確的批判。這次美學大辯論是新中國文藝界的一件大事，就全國來說，它大大提高了文藝工作者和一般青年研究美學的興趣和熱情；就我個人來說，它幫助我認識自己過去宣揚的美學觀點大半是片面唯心的。從此我開始認真鑽研辯證唯物主義和歷史唯物主義。爲此，我在年近六十時，還抽暇把俄文學到能勉强閱讀和翻譯的程度。我曾精選幾本馬克思主義經典著作來摸索，譯文看不懂的就對照四種文字的版本去琢磨原文的準確含義，對中譯文的錯誤或欠妥處作了筆記。同時我也逐漸看到美學在我國的落後狀況，參加美學論爭的人往往並没有弄通馬克思主義，至於資料的貧乏，對哲學史、心理學、人類學和社會學之類與美學密切相關的科學，有時甚至缺乏常識，尤其令人驚訝。因此我立志要多做一些翻譯重要資料的工作。原已譯過克羅齊的《美學原理》，一九四九年後又陸續譯出柏拉圖的《文藝對話集》、萊辛的《拉奥孔》，愛克曼輯的《歌德談話錄》以及黑格爾的《美學》三卷。此外還有些譯稿或在《文藝理論譯叢》中發表過，或已在「四人幫」時代喪失了。

美學討論從一九五七年進行到一九六二年，全部發表過的文章搜集成六册《美學問題討論集》；我自己發表的文章還另搜集成一個選本，都由作家出版社出版。前此北大哲學系已成立了美學組，把我從西語系調到哲學系，替美學組訓練一批美學教師，我講的也是西方美學史。一九六二年召開的文科教材會議，決定大專院校文科逐步開設美學課，並指定我編一部《西方美學史》。於是我就在前此講過的粗略講義和資料譯稿的基礎上編出兩卷《西方美學史》，一九六三年由人民文學出版社印行。「四人幫」把這部美學史打入冷宮十餘年，直到一九七九年再版。在再版時，我曾把序論和結論部分作了一些修改。這就是一九四九年後我在美學方面的主要著作，缺點仍甚多，特別是我當時思想還未解放，不敢評介我過去頗下過一些功夫的尼采和叔本華以及弗洛伊德派變態心理學，因爲這幾位在近代發生巨大影響的思想家在我國都戴過「反動」的帽子。「前修未密，後起轉精」，這些遺漏只有待後起者來填補了。

最近幾年我參加了關於形象思維的辯論，還應上海文藝出版社之約，寫了一本《談美書簡》通俗小册子。不過我的中心工作還是對馬克思主義經典著作的摸索。我重新試譯了《費爾巴哈論綱》和《經濟學—哲學手稿》中一些關鍵性的章節，並作了注釋和評介，想借此澄清一下「異化」、實踐觀點、人性論和人道主義、美和美感、唯心與唯物的分別和關係等這些全世界學術界都在關心和熱烈爭論的問題。這些八十歲以後的譯文、札記和論文都搜集在百花文藝出版社出版的《美學拾穗集》裏。

今年我已開始抽暇試譯維柯的《新科學》。這部著作討論的是人類怎樣從野蠻動物逐漸演變成爲文明社會的人，涉及神話和宗教、家族和社會、階級鬥爭觀點、歷史發展觀點、美學與語言學的一致性以及形象思維先於抽象思維之類重要問題。全書約四十萬字，希望明年内可以譯完。再下一步就走著看了。需要做的工作總是做不完的。

一九八〇年九月

序

這些短文都是在抗戰中最後幾年陸續寫成的，在幾個不同的刊物上發表過，因爲都是談文學，所以我把它們結集成爲這個小册子。

文學是談不盡的，坊間文學入門之類書籍實在太多。這類書籍沒有多大用處，人人都知道。學文學第一件要事是多玩索名家作品，其次是自己多練習寫作，如此才能親自嘗出甘苦，逐漸養成一種純正的趣味，學得一副文學家體驗人情物態的眼光和同情。到了這步，文學的修養就大體算成功了。如果不在這上面做功夫，讀完任何數量的討論文學的書籍，也無濟於事。

這個小册子說淺一點不能算是文學入門，說深一點不能算是文學理論。它有時也爲初入門者說法，有時也牽涉到理論，但是主要的是我自己學習文藝的甘苦之言。文學是我的第一個嗜好，這二十多年以來，很少有日子我不看到它，想到它。這些短文就是隨時看和隨時想所得到的一點收穫。在寫他們的時候，我一不敢憑空亂構，二不敢道聽途說，我想努力做到「切實」二字。在這一點，我希望這個小册子和坊間一般文學入門之類書籍微有不同。我願與肯用心的愛好文學的讀者們印證經驗。

文學與人生

文學是以語言文字爲媒介的藝術。就其爲藝術而言，它與音樂圖畫雕刻及一切號稱藝術的製作有共同性：作者對於人生世相都必有一種獨到的新鮮的觀感，而這種觀感都必有一種獨到的新鮮的表現；這觀感與表現即內容與形式，必須打成一片，融合無間，成爲一種有生命的和諧的整體，能使觀者由玩索而生欣喜。達到這種境界，作品才算是「美」。美是文學與其他藝術所必具的特質。就其以語言文字爲媒介而言，文學所用的工具就是我們日常運思說話所用的工具，無待所求，不像形色之於圖畫雕刻，樂聲之於音樂。每個人不都能運用形色或音調，可是每個人只要能說話就能運用語言，只要能識字就能運用文字。語言文字是每個人表現情感思想的一套隨身法寶，它與情感思想有最直接的關係。因爲這個緣故，文學是一般人接近藝術的一條最直截簡便的路；也因爲這個緣故，文學是一種與人生最密切相關的藝術。

我們把語言文字聯在一起說，是就文化現階段的實況而言，其實在演化程序上，先有口說的語言而後有手寫的文字，寫的文字與說的語言在時間上的距離可以有數千年乃至數萬年之久，到現在世間還有許多民族只有語言而無文字。遠在文字未產生以前，人類就有語言，有了語言就有文學。文學是最原始的也是最普遍的一種藝術。在原始民族中，人人都歡喜唱歌，都歡喜講故事，都歡喜戲擬人物的動作和姿態。這就是詩歌、小說和戲劇的起源。於今仍在世間流傳的許多古代名著，像中國的《詩經》，希臘的荷馬史詩，歐洲中世紀的民歌和英雄傳說，原先都由口頭傳誦，後來才被人用文字寫下來。在口頭傳誦的時期，文學大半是全民衆的集體創作。一首歌或是一篇故事先由一部分人倡始，一部分人隨和，後來一傳十，十傳百，輾轉相傳，每個傳播的人都貢獻一點心裁把原文加以潤色或增損。我們可以說，文學作品在原始社會中沒有固定的著作權，它是流動的，生生不息的，集腋成裘的。它的傳播期就是它的生長期，它的欣賞者也就是它的創作者。這種文學作品最能表現一個全社會的人生觀感，所以從前關心政教的人要在民俗歌謠中窺探民風國運，采風觀樂在春秋時還是一個重要的政典。我們還可以進一步說，原始社會的文學就幾乎等於它的文化；它的歷史、政治、宗教、哲學等等都反映在它的詩歌、神話和傳說裡面。希臘的神話史詩，中世紀的民歌傳說以及近代中國邊疆民族的歌謠、神話和民間故事都可以爲證。

口傳的文學變成文字寫定的文學，從一方面看，這是一個大進步，因爲作品可以不純由記憶保存，也不純由口誦流傳，它的影響可以擴充到更久更遠。但從另一方面看，這種變遷也是文學的一個厄運，因爲識字另需一番教育，文學既由文字保存和流傳，文字便成爲一種障礙，不識字的人便無從創造或欣賞文學，文學便變成一個特殊階級的專利品。文人成了一個特殊階級，而這階級化又隨社會演進而日趨尖銳，文學就逐漸和全民衆疏遠。這種變遷的壞影響很多，第一，文學既與全民衆疏遠，就不能表現全民衆的精神和意識，也就不能從全民衆的生活中吸收力量與滋養，它就不免由窄狹化而傳統化，形式化，僵硬化。其次，它既成爲一個特殊階級的興趣，它的影響也就限於那個特殊階級，不能普及於一般人，與一般人的生活不發生密切關係，於是一般人就把它認爲無足輕重。文學在文化現階段中幾已成爲一種奢侈，而不是生活的必需。在最初，凡是能運用語言的人都愛好文學；後來文字產生，只有識字的人才能愛好文學；現在連識字的人也大半不能愛好文學，甚至有一部分人鄙視或仇視文學，說它的影響不健康或根本無用。在這種情形之下，一個人要想鄭重其事地來談文學，難免有幾分心虛膽怯，他至少須說出一點理由來辯護他的不合時宜的舉動。這篇開場白就是替以後陸續發展的十幾篇談文學的文章作一個辯護。

先談文學有用無用問題。一般人嫌文學無用，近代有一批主張「爲文藝而文藝」的人卻以爲文學的妙處正在它無用。它和其他藝術一樣，是人類超脫自然需要的束縛而發出的自由活動。比如說，茶壺有用，因能盛茶，是壺就可以盛茶，不管它是泥的瓦的扁的圓的，自然需要止於此。但是人不以此爲滿足，製壺不但要能盛茶，還要能娛目賞心，於是在質料、式樣、顏色上費盡機巧以求美觀。就淺狹的功利主義看，這種功夫是多餘的，無用的；但是超出功利觀點來看，它是人自作主宰的活動。人不憚煩要作這種無用的自由活動，才顯得人是自家的主宰，有他的尊嚴，不只是受自然驅遣的奴隸；也才顯得他有一片高尙的向上心。要勝過自然，要彌補自然的缺陷，使不完美的成爲完美。文學也是如此。它起於實用，要把自己所知所感的說給旁人知道；但是它超過實用，要找好話說，要把話說得好，使旁人在話的內容和形式上同時得到愉快。文學所以高貴，值得我們費力探討，也就在此。

這種「爲文藝而文藝」的看法確有一番正當道理，我們不應該以淺狹的功利主義去估定文學的身價。但是我以爲我們縱然退一步想，文學也不能說是完全無用。人之所以爲人，不只因爲他有情感思想，尤在他能以語言文字表現情感思想。試假想人類根本沒有語言文字，像牛羊犬馬一樣，人類能否有那樣光華燦爛的文化？文化可以說大半是語言文字的產品。有了語言文字，許多崇高的思想，許多微妙的情境，許多可歌可泣的事迹才能流傳廣播，由一個心靈出發，去感動無數心靈，去啓發無數心靈的創造。這感動和啓發的力量大小與久暫，就看語言文字運用得好壞。在數千載之下，《左傳》、《史記》所寫的人物事迹還活現在我們眼前，若沒有左丘明、司馬遷的那種生動的文筆，這事如何能做到？在數千載之下，柏拉圖的《對話集》所表現的思想對於我們還是那麼親切有趣，若沒有柏拉圖的那種深入而淺出的文筆，這事又如何能做到？

從前也許有許多値得流傳的思想與行迹，因爲沒有遇到文人的點染，就淹沒無聞了。我們自己不時常感覺到心理有話要說而說不出的苦楚麼?孔子說得好：「言之無文，行之不遠。」單是「行遠」這一個功用就深廣不可思議。

柏拉圖、盧梭、托爾斯泰和程伊川都曾懷疑到文學的影響，以爲它是不道德的或是不健康的。世間有一部分文學作品確有這種毛病，本無可諱言，但是因噎不能廢食，我們只能歸咎於作品不完美，不能斷定文學本身必有罪過。從純文藝觀點看，在創作與欣賞的聚精會神的狀態中，心無旁涉，道德的問題自無從闖入意識閾。縱然離開美感態度來估定文學在實際人生中的價値，文藝的影響也決不會是不道德的，而且一個人如果有純正的文藝修養，他在文藝方面所受的道德影響可以比任何其他體驗與敎訓的影響更爲深廣。「道德的」與「健全的」原無二義。健全的人生理想是人性的多方面的諧和的發展，沒有殘廢也沒有臃腫。譬如草木，在風調雨順的環境之下，它的一般生機總是欣欣向榮，長得枝條茂暢，花葉扶疏。情感思想便是人的生機，生來就需要宣洩生長，發芽開花。有情感思想而不能表現，生機便遭窒塞殘損，好比一株發育不完全而呈病態的花草。文藝是情感思想的表現，也就是生機的發展，所以要完全實現人生，離開文藝決不成。世間有許多對文藝不感興趣的人乾枯濁俗，生趣索然，其實都是一些精神方面的殘廢人，或是本來生機就不暢旺，或是有暢旺的生機因爲窒塞而受摧殘。如果一種道德觀要養成精神上的殘廢人，它本身就是不道德的。

表現在人生中不是奢侈而是需要，有表現才能有生展，文藝表現情感思想，同時也就滋養情感思想使它生展。人都知道文藝是「怡情養性」的。請仔細玩索「怡養」兩字的意味！性情在怡養的狀態中，它必定是健旺的，生發的，快樂的。這「怡養」兩字卻不容易做到，在這紛紜擾攘的世界中，我們大部分時間與精力都費在解決實際生活問題，奔波勞碌，很機械地隨著疾行車流轉，一日之中能有幾許時刻回想到自己有性情？還論怡養！凡是文藝都是根據現實世界而鑄成另一超現實的意象世界，所以它一方面是現實人生的返照，一方面也是現實人生的超脫。在讓性情怡養在文藝的甘泉時，我們霎時間脫去塵勞，得到精神的解放，心靈如魚得水地徜徉自樂；或是用另一個比喻來說，在乾燥悶熱的沙漠裡走得很疲勞之後，在清泉裡洗一個澡，綠樹蔭下歇一會兒涼。世間許多人在勞苦裡打翻轉，在罪孽裡打翻轉，俗不可耐，苦不可耐，原因只在洗澡歇涼的機會太少。

從前中國文人有「文以載道」的說法，後來有人嫌這看法的道學氣太重，把「詩言志」一句老話抬出來，以為文學的功用只在言志；釋志為「心之所之」，因此言志包涵表現一切心靈活動在內。文學理論家於是分文學為「載道」、「言志」兩派，彷彿以為這兩派是兩級端，絕不相容——「載道」是「為道德教訓而文藝」，「言志」是「為文藝而文藝」。其實這問題的關鍵全在「道」字如何解釋。如果釋「道」為狹義的道德教訓，載道就顯然小看了文學。文學沒有義務要變成勸世文或是修身科的高頭講章。如果釋「道」爲人生世相的道理，文學就絕不能離開「道」，「道」就是文學的眞實性。志爲心之所之，也就要合乎「道」，情感思想的眞實本身就是「道」，所以「言志」即「載道」，根本不是兩回事，哲學科學所談的是「道」，文藝所談的仍然是「道」，所不同者哲學科學的道是抽象的，是從人生世相中抽繹出來的，好比從鹽水中所提出來的鹽；文藝的道是具體的，是含蘊在人生世相中的，好比鹽溶於水，飲者知鹹，卻不辨何者爲鹽，何者爲水。用另一個比喻來說，哲學科學的道是客觀的、冷的、有精氣而無血肉的；文藝的道是主觀的、熱的，通過作者的情感與人格的滲瀝，精氣與血肉凝成完整生命的。換句話說，文藝的「道」與作者的「志」融爲一體。

我常感覺到，與其說「文以載道」，不如說「因文證道」。《楞嚴經》記載佛有一次問他的門徒從何種方便之門，發菩提心，證圓通道。幾十個菩薩羅漢輪次起答，有人說從聲音，有人說從顏色，有人說從香味，大家總共說出二十五個法門（六根、六塵、六識、七大，每一項都可成爲證道之門）。讀到這段文章，我心裡起了一個幻想，假如我當時在座，輪到我起立作答時，我一定說我的方便之門是文藝。我不敢說我證了道，可是從文藝的玩索，我窺見了道的一斑。文藝到了最高的境界，從理智方面說，對於人生世相必有深廣的觀照與徹底的了解，如阿波羅憑高遠眺，華嚴世界盡成明鏡裡的光影，大有佛家所謂萬法皆空，空而不空的景象；從情感方面說，對於人世悲歡好醜必有平等的眞摯的同情，衝突化除後的諧和，不沾小我利害的超脫，高等的幽默與高度的嚴肅，成爲相反者之同一。柏格森說世界時時刻刻在創化中，這好比一個無始無終的河流，孔子所看到的「逝者如是夫，不舍晝夜」，希臘哲人所看到的「濯足清流，抽足再入，已非前水」，所以時時刻刻有它的無窮的興趣。抓住某一時刻的新鮮景象與興趣而給以永恆的表現，這是文藝。一個對於文藝有修養的人絕不感覺到世界的乾枯或人生的苦悶。他自己有表現的能力固然很好，縱然不能，他也有一雙慧眼看世界，整個世界的動態便成爲他的詩，他的圖畫，他的戲劇，讓他的性情在其中「怡養」。到了這種境界，人生便經過了藝術化，而身歷其境的人，在我想，可以算得一個有「道」之士。從事於文藝的人不一定都能達到這個境界，但是它究竟不失爲一個崇高的理想，值得追求，而且努力修養之後，可以追求得到。

資稟與修養

拉丁文中有一句名言：「詩人是天生的不是造作的。」這句話本有不可磨滅的眞理，但是往往被不努力者援爲口實。遲鈍人說，文學必須靠天才，我旣沒有天才，就生來與文學無緣，縱然努力，也是無補費精神。聰明人說，我有天才，這就夠了，努力不但是多餘的，而且顯得天才還有缺陷，天才之所以爲天才，正在它不費力而有過人的成就。這兩種心理都很普遍，誤人也很不淺。文學的門本是大開的。遲鈍者誤認爲它關得很嚴密不敢去問津；聰明者誤認爲自己生來就在門裡，用不著摸索。他們都同樣地懶怠下來，也同樣地被關在門外。

從前有許多迷信和神秘色彩附麗在「天才」這個名詞上面，一般人以爲天才是神靈的憑藉，與人力全無關係。近代學者有人說它是一種精神病，也有人說它是「長久的耐苦」。這個名詞似頗不易用科學解釋。我以爲與其說「天才」，不如說「資稟」。資稟是與生俱來的良知良能，只有程度上的等差，沒有絕對的分別，有人多得一點，有人少得一點。所謂「天才」不過是在資稟方面得天獨厚，並沒有什麼神奇。莎士比亞和你我相去雖不可以道里計，他所有的資稟你和我並非完全沒有，只是他有的多，我們有的少。若不然，他和我們在智能上就沒有共同點，我們也就無從了解他、欣賞他了。除白痴以外，人人都多少可以了解欣賞文學，也就多少具有文學所必需的資稟。不單是了解欣賞，創作也還是一理。文學是用語言文字表現思想情感的藝術，一個人只要有思想情感，只要能運用語言文字，也就具有創作文學所必須的資稟。

就資稟說，人人本都可以致力文學；不過資稟有高有低，每個人成爲文學家的可能性和在文學上的成就也就有大有小。我們不能對於每件事都能登峯造極，有幾分欣賞和創作文學的能力，總比完全沒有好。要每個人都成爲第一流文學家，這不但是不可能，而且也大可不必；要每個人都能欣賞文學，都能運用語言文字表現思想情感，這不但是很好的理想，而且是可以實現和應該實現的理想。一個人所應該考慮的，不是我究竟應否在文學上下一番功夫（這不成爲問題，一個人不能欣賞文學，不能發表思想情感，無疑地算不得一個受教育的人），而是我究竟還是專門做文學家，還是只要一個受教育的人所應有的欣賞文學和表現思想情感的能力？

這第二個問題確值得考慮。如果只要有一個受教育的人所應有的欣賞文學和表現思想情感的能力，每個人只須經過相當的努力，都可以達到，不能拿沒有天才做藉口；如果要專門做文學家，他就要自問對文學是否有特優的資稟。近代心理學家研究資稟，常把普遍智力和特殊智力分開。普遍智力是施諸一切對象而都靈驗的，像一把同時可以打開許多種鎖的鑰匙；特殊智力是施諸某一種特殊對象而才靈驗的，像一把只能打開一種鎖的鑰匙。比如說，一個人的普遍智力高，無論讀書、處事或作戰、經商都比低能人要强；可是讀書、處事、作戰、經商各需要一種特殊智力。儘管一個人件件都行，如果他的特殊智力在經商，他在經商方面的成就必比做其他事業都强。對於某一項有特殊智力，我們通常說那一項爲「性之所近」。一個人如果要專門做文學家就非性近於文學不可。如果性不相近而勉强去做文學家，成功的固然並非絕對沒有，究竟是用違其才；不成功的卻居多數，那就是精力的浪費了。世間有許多人走錯門路，性不近於文學而强作文學家，耽誤了他們在別方面可以有爲的才力，實在很可惜。「詩人是天生的不是造作的」這句話，對於這種人確是一個很好的當頭棒。

但是這句話終有語病。天生的資稟只是潛能，要潛能成爲事實，不能不借人力造作。好比花果的種子，天生就有一種資稟可以發芽成樹、開花結實，但是種子有很多不發芽成樹、開花結實的，因爲缺乏人工的培養。種子能發芽成樹、開花結實，有一大半要靠人力，儘管它天資如何優良。人的資稟能否實現於學問事功的成就，也是如此。一個人縱然生來就有文學的特優資稟，如果他不下功夫修養，他必定是苗而不秀，華而不實。天才愈卓越，修養愈深厚，成就也就愈偉大。比如說李白、杜甫對於詩不能說是無天才，可是讀過他們詩集的人都知道這兩位大詩人所下的功夫。李白在人生哲學方面有道家的底子，在文學方面從《詩經》、《楚辭》直到齊梁體詩，他沒有不費苦心模擬過。杜詩無一字無來歷爲世所共知。他自述經驗說，「讀書破萬卷，下筆如有神」。西方大詩人像但丁、莎士比亞、歌德諸人，也沒有一個不是修養出來的。莎士比亞是一般人公評爲天才多於學問的，但是誰能測量他的學問的深淺？醫生說，只有醫生才能寫出他的某一幕；律師說，只有學過法律的人才能了解他的某一劇的術語。你說他沒有下功夫研究過醫學、法學等等？我們都驚訝他的成熟作品的偉大，卻忘記他的大半生精力都費在改編前人的劇本，在其中討訣竅。這只是隨便舉幾個例。完全是「天生」的而不經「造作」的詩人，在歷史上卻無先例。

孔子有一段論學問的話最爲人所稱道：「或生而知之，或學而知之，或困而知之，及其知之一也。」這話確有至理，但亦看「知」的對象爲何。如果所知的是文學，我相信「生而知之」者沒有，「困而知之」者也沒有，大部分文學家是有「生知」的資稟，再加上「困學」的功夫，「生知」的資稟多一點，「困學」的功夫也許可以少一點。牛頓說：「天才是長久的耐苦。」這話也須用邏輯眼光去看，長久的耐苦不一定造成天才，天才卻有賴於長久的耐苦。一切的成就都如此，文學只是一例。

天生的是資稟，造作的是修養；資稟是潛能，是種子；修養使潛能實現，使種子發芽成樹，開花結實。資稟不是我們自己力量所能控制的，修養卻全靠自家的努力。

在文學方面，修養包涵極廣，舉其大要，約有三端：

第一是人品的修養。人品與文品的關係是美學家爭辯最烈的問題，我們在這裡只能說一個梗概。從一方面說，人品與文品似無必然的關係。魏文帝早已說過：「古今文人類不護細行。」劉彥和在《文心雕龍．程器》篇裡一口氣就數了一二十個沒有品行的文人，齊梁以後有許多更顯著的例，像馮延巳、嚴嵩、阮大鋮之流還不在內。在克羅齊派美學家看，這也並不足爲奇。藝術的活動出於直覺，道德的活動出於意志，一爲超實用的，一爲實用的，二者實不相謀。因此，一個人在道德上的成就不能裨益也不能妨害他在藝術上的成就，批評家也不應從他的生平事迹推論他的藝術的人格。

但是從另一方面說，言爲心聲，文如其人。思想情感爲文藝的淵源，性情品格又爲思想情感的型範，思想情感眞純則文藝華實相稱，性情品格深厚則思想情感亦自眞純。「仁者之言靄如」，「詖辭知其所蔽」。屈原的忠貞耿介，陶潛的沖虛高遠，李白的徜徉自恣，杜甫的每飯不忘君國，都表現在他們的作品裡面。他們之所以偉大，就因爲他們的一篇一什都不僅爲某一時會即景生情偶然興到的成就，而是整個人格的表現。不了解他們的人格，就絕不能徹底了解他們的文藝。從這個觀點看，培養文品在基礎上下功夫就必須培養人品。這是中國先儒的一致主張，「文以載道」說也就是從這個看法出來的。

人是有機體，直覺與意志，藝術的活動與道德的活動恐怕都不能像克羅齊分得那樣清楚。古今儘管有人品很卑鄙而文藝卻很優越的，究竟是占少數，我們可以用心理學上的「雙重人格」去解釋。在甲重人格（日常的）中一個人儘管不矜細行，在乙重人格（文藝的）中他卻謹嚴眞誠。這種雙重人格究竟是一種變態，如論常例，文品表現人品是千眞萬確的事實。所以一個人如果想在文藝上有眞正偉大的成就，他必須有道德的修養。我們並非鼓勵他去做狹隘的古板的道學家，我們也並不主張一切文學家在品格上都走一條路。文品需要努力創造，各有獨到，人品亦如此，一個文學家必須有眞摯的性情和高遠的胸襟，但是每個人的性情中可以特有一種天地，每個人的胸襟中可以特有一副丘壑，不必強同而且也絕不能強同。

其次是一般學識經驗的修養。文藝不單是作者人格的表現，也是一般人生世相的返照。培養人格是一套功夫，對於一般人生世相積蓄豐富而正確的學識經驗又另是一套功夫。這可以分兩層說。一是讀書。從前中國文人以能熔經鑄史爲貴，韓愈在〈進學解〉裡發揮這個意思，最爲詳盡。讀書的功用在儲知蓄理，擴充眼界，改變氣質。讀的範圍愈廣，知識愈豐富，審辨愈精當，胸襟也愈恢闊。在近代，一個文人不但要博習本國古典，還要涉獵近代各科學問，否則見解難免偏蔽。這事固然很難。我們第一要精選，不浪費精力於無用之書；第二要持恆，日積月累，涓涓終可成江河；第三要有哲學的高瞻遠矚，科學的客觀剖析，否則食而不化，學問反足以梏沒性靈。其次是實地觀察體驗。這對於文藝創作或比讀書還更重要。從前中國文人喜遊名山大川，一則增長閱歷，一則吸納自然界瑰奇壯麗之氣與幽深玄渺之趣。其實這種「氣」與「趣」不只在自然中可以見出，在一般人生世相中也可得到。許多著名的悲喜劇與近代小說所表現的精神氣魄正不讓於名山大川。觀察體驗的最大的功用還不僅在此，尤其在洞達人情物理。文學超現實而卻不能離現實，它所創造的世界儘管有時是理想的，卻不能不有現實世界的眞實性。近代寫實主義者主張文學須有「憑證」，就因爲這個道理，你想寫某一種社會或某一種人物，你必須對於那種社會那種人物的外在生活與內心生活都有徹底的了解，這非多觀察多體驗不可。要觀察得正確，體驗得深刻，你最好投身他們中間，和他們過同樣的生活。你過的生活愈豐富，對於人性的了解愈深廣，你的作品自然愈有眞實性，不致如霧裡看花。

第三是文學本身的修養。「工欲善其事，必先利其器」。文學的器具是語言文字。我們第一須認識語言文字，其次須有運用語言文字的技巧。這事看來似很容易，因爲一般人日常都在運用語言文字；但是實在極難，因爲文學要用平常的語言文字產生不平常的效果。文學家對於語言文字的了解必須比一般人都較精確，然後可以運用自如。他必須懂得字的形聲義，字的組織以及音義與組織對於讀者所生的影響。這要包涵語文學、邏輯學、文法、美學和心理學各科知識。從前人做文言文很重視小學（即語文學），就已看出工具的重要。我們現在做語體文比較做文言文更難。一則語言文字有它的歷史淵源，我們不能因爲做語體文而不研究文言文所用的語文，同時又要特別研究流行的語文；一則文言文所需要的語文知識有許多專書可供給，流行的語文的研究還在草創，大半還靠作者自己努力去摸索。在現代中國，一個人想做出第一流文學作品，別的條件不用說，單說語文研究一項，他必須有深厚的修養。他必須達到有話都可說出而且說得好的程度。

運用語言文字的技巧一半根據對於語言文字的認識，一半也要靠虛心模仿前人的範作。文藝必止於創造，卻必始於模仿，模仿就是學習。最簡捷的辦法是精選模範文百篇左右（能多固好；不能多，百篇就很夠），細心研究每篇的命意布局分段造句和用字，務求透懂，不放過一字一句，然後把它熟讀成誦，玩味其中聲音節奏與神理氣韻，使它不但沈到心靈裡去，還須沈到筋肉裡去。這一步做到了，再拿這些模範來模仿（從前人所謂「擬」），模仿可以由有意的漸變爲無意的。習慣就成了自然。入手不妨嘗試各種不同的風格，再在最合宜於自己的風格上多下功夫，然後融合各家風格的長處，成就一種自己獨創的風格。從前做古文的人大半經過這種訓練，依我想，做語體文也不能有一個更好的學習方法。

以上談文學修養，僅就其大者略舉幾端，並非說這就盡了文學修養的能事。我們只要想一想這幾點所需要的功夫，就知道文學並非易事，不是全靠天才所能成功的。

文學的趣味

□19□ 文學的趣味

文學作品在藝術價值上有高低的分別，鑑別出這高低而特有所好，特有所惡，這就是普通所謂趣味。辨別一種作品的趣味就是評判，玩索一種作品的趣味就是欣賞，把自己在人生自然或藝術中所領略得的趣味表現出就是創造。趣味對於文學的重要於此可知。文學的修養可以說就是趣味的修養。趣味是一個比喻，由口舌感覺引申出來的。它是一件極尋常的事，卻也是一件極難的事。雖說「天下之口有同嗜」，而實際上「人莫不飲食也，鮮能知味」。它的難處在沒有固定的客觀的標準，而同時又不能完全憑主觀的抉擇。說完全沒有客觀的標準吧，文章的美醜猶如食品的甜酸，究竟容許公是公非的存在；說完全可以憑客觀的標準吧，一般人對於文藝作品的欣賞有許多個別的差異，正如有人嗜甜，有人嗜辣。在文學方面下過一番功夫的人都明白文學上趣味的分別是極微妙的，差之毫厘往往謬以千里。極深厚的修養常在毫厘之差上見出，極艱苦的磨煉也常是在毫厘之差上做功夫。

舉一兩個實例來說。南唐中主的〈浣溪沙〉是許多讀者所熟讀的：

菡萏香銷翠葉殘，西風愁起綠波間。還與韶光共憔悴，不堪看。細雨夢回鷄塞遠，小樓吹徹玉笙寒。多少淚珠何限恨，倚闌干。

馮正中、王荊公諸人都極賞「細雨夢回」二句，王靜安在《人間詞話》裡卻說：「菡萏香銷二句大有衆芳蕪穢美人遲暮之感，乃古今獨賞其細雨夢回二句，故知解人正不易得。」《人間詞話》又提到秦少游的〈踏莎行〉，這首詞最後兩句是「郴江幸自繞郴山，爲誰流下瀟湘去」，最爲蘇東坡所嘆賞；王靜安也不以爲然：「少游詞境最爲淒惋，至『可堪孤館閉春寒，杜鵑聲裡斜陽暮』，則變而爲淒厲矣。東坡賞其二語，猶爲皮相。」

這種優秀的評判正足見趣味的高低。我們玩味文學作品時，隨時要評判優劣，表示好惡，就隨時要顯趣味的高低。馮正中、王荊公、蘇東坡諸人對於文學不能說算不得「解人」，他們所指出的好句也確實是好，可是細玩王靜安所指出的另外幾句，他們的見解確不無可議之處，至少是「郴江繞郴山」二句實在不如「孤館閉春寒」二句。幾句中間的差別微妙到不易分辨的程度，所以容易被人忽略過去。可是它所關卻極深廣，賞識「郴江繞郴山」的是一種胸襟，賞識「孤館閉春寒」的另是一種胸襟；

同時，在這一兩首詞中所用的鑑別的眼光可以應用來鑑別一切文藝作品，顯出同樣的抉擇，同樣的好惡，所以對於一章一句的欣賞大可見出一個人的一般文學趣味。好比善飲酒者有敏感鑑別一杯酒，就有敏感鑑別一切的酒。趣味其實就是這樣的敏感。離開這一點敏感，文藝就無由欣賞，好醜研媸就變成平等無別。

不僅欣賞，在創作方面我們也需要純正的趣味。每個作者必須是自己的嚴正的批評者，他在命意布局遣詞造句上都須辨析錙銖，審愼抉擇，不肯有一絲一毫含糊敷衍。他的風格就是他的人格，而造成他的特殊風格的就是他的特殊趣味。一個作家的趣味在他的修改鍛煉的功夫上最容易見出。西方名家的稿本多存在博物館，其中修改的痕跡最足發人深省。中國名家修改的痕跡多隨稿本淹沒，但在筆記雜著中也偶可見一斑。姑舉一例。黃山谷的〈沖雪宿新寨〉一首七律的五六兩句原爲「俗學近知回首晚，病身全覺折腰難」。這兩句本甚好，所以王荊公在都中聽到，就擊節讚嘆，說「黃某非風塵俗吏」。但是黃山谷自己仍不滿意，最後改爲「小吏有時須束帶，故人頗問不休官」。這兩句仍是用陶淵明見督郵的典故，卻比原文來得委婉有含蓄。棄彼取此，亦全憑趣味。如果在趣味上不深究，黃山谷既寫成原來兩句，就大可苟且偸安。

以上談欣賞和創作，摘句說明，只是爲其輕而易舉，其實一切文藝上的好惡都可作如是觀。你可以特別愛好某一家，某一體，某一時代，某一派別，把其餘都看成左道狐禪。文藝上的好惡往往和道德上的好惡同樣地强烈深固，一個人可以在趣味異同上區別敵友，黨其所同，伐其所異。文學史上許多派別，許多筆墨官司，都是這樣起來的。

在這裡我們會起疑問：文藝有好壞，愛憎起於好壞，好的就應得一致愛好，壞的就應得一致憎惡，何以文藝的趣味有那麼大的紛歧呢？你擁護六朝，他崇拜唐宋；你讚賞蘇辛，他推尊溫李，紛紜擾攘，莫衷一是。作品的優越不盡可爲憑，莎士比亞、布萊克、華茲華斯一般開風氣的詩人在當時都不很爲人重視。讀者的深厚造詣也不盡可爲憑，托爾斯泰攻擊莎士比亞和歌德，約翰遜看不起彌爾頓，法朗士譏誚荷馬和維吉爾。這種趣味的紛歧是極有趣的事實。粗略地分析，造成這事實的有下列幾個因素：

第一是資稟性情。文藝趣味的偏向在大體上先天已被決定。最顯著的是民族根性。拉丁民族最喜歡明晰，條頓民族最喜歡力量，希伯來民族最喜歡嚴肅，他們所產生的文藝就各具一種風格，恰好表現他們的國民性。就個人論，據近代心理學的研究，許多類型的差異都可以影響文藝的趣味。比如在想像方面，「造形類」人物要求一切像圖畫那樣一目了然，「渙散類」人物喜歡一切像音樂那樣迷離隱約；在性情方面，「硬心類」人物偏袒陽剛，「軟心類」人物特好陰柔；在天然傾向方面，「外傾」者喜歡戲劇式的動作，「內傾」者喜歡獨語體詩式的默想。這只是就幾個犖犖大端來說，每個人在資稟性情方面還有他的特殊個性，這和他的文藝的趣味也密切相關。

其次是身世經歷。《世說新語》中謝安有一次問子弟：「《毛詩》何句最佳？」謝玄回答：「昔我往矣，楊柳依依；今我來思，雨雪霏霏。」謝安表示異議，說：「『訏謨定命，遠猷辰告』句有雅人深致。」這兩人的趣味不同，卻恰合兩人不同的身分。謝安自己是當朝一品，所以特別能欣賞那形容老成謀國的兩句；謝玄是翩翩佳公子，所以那流連風景，感物興懷的句子很合他的口胃。本來文學欣賞，貴能設身處地去體會。如果作品所寫的與自己所經歷的相近，我們自然更容易了解，更容易起同情。杜工部的詩在這抗戰期中讀起來，特別親切有味，也就是這個道理。

第三是傳統習尚。法國學者泰納著《英國文學史》，指出「民族」、「時代」、「周圍」為文學的三大決定因素，文藝的趣味也可以說大半受這三種勢力形成。各民族、各時代都有它的傳統，每個人的「周圍」（法文milieu略似英文circle，意謂「圈子」，即常接近的人物，比如說，屬於一個派別就是站在那個圈子裡）都有它的習尚。在西方，古典派與浪漫派、理想派與寫實派；在中國，六朝文與唐宋古文，選體詩、唐詩和宋詩，五代詞、北宋詞和南宋詞，桐城派古文和陽湖派古文，彼此中間都樹有很森嚴的壁壘。投身到某一派旗幟之下的人，就覺得只有那一派是正統，阿其所好，以至目空其餘一切。我個人與文藝界朋友的接觸，深深地感覺到傳統習尚所產生的一些不愉快的經驗。我對新文學屬望很殷，費盡千言萬語也不能說服國學者宿們，讓他們相信新文學也自有一番道理。我也很愛讀舊詩文，向新文學作家稱道舊詩文的好處，也被他們嗤爲頑腐。此外新舊文學家中又各派別之下有派別，京派海派，左派右派，彼此相持不下。我冷眼看得很清楚，每派人都站在一個「圈子」裡，那圈子就是他們的「天下」。

一個人在創作和欣賞時所表現的趣味，大半由上述三個因素決定。資稟性情、身世經歷和傳統習尚，都是很自然地套在一個人身上的，輕易不能擺脫，而且它們的影響有好有壞，也不必完全擺脫。我們應該做的功夫是根據固有的資稟性情而加以磨礪陶冶，擴充身世經歷而加以細心的體驗，接收多方的傳統習尚而求截長取短，融會貫通。這三層功夫就是普通所謂學問修養。純恃天賦的趣味不足爲憑，純恃環境影響造成的趣味也不足爲憑，純正的可憑的趣味必定是學問修養的結果。

孔子有言：「知之者不如好之者，好之者不如樂之者」，彷彿以爲知、好、樂是三層事，一層深一層；其實在文藝方面，第一難關是知，能知就能好，能好就能樂。知、好、樂三種心理活動融爲一體，就是欣賞，而欣賞所憑的就是趣味。許多人在文藝趣味上有欠缺，大半由於在知上有欠缺。

有些人根本不知，當然不會盛感到趣味，看到任何好的作品都如蠢牛聽琴，不起作用。這是精神上的殘廢。犯這種毛病的人失去大部分生命的意味。

有些人知得不正確，於是趣味低劣，缺乏鑑別力，只以需要刺激或痲醉，取惡劣作品療飢過癮，以爲這就是欣賞文學。這是精神上的中毒，可以使整個的精神受腐化。

有些人知得不周全，趣味就難免窄狹，像上文所說的，被囿於某一派別的傳統習尙，不能自拔。這是精神上的短視，「坐井觀天，誣天藐小」。

要診治這三種流行的毛病，唯一的方劑是擴大眼界，加深知解。一切價値都由比較得來，生長在平原，你說一個小山坡最高，你可以受原諒，但是你錯誤。「登東山而小魯，登泰山而小天下」，那「天下」也只是孔子所能見到的天下。要把山估計得準確，你必須把世界名山都遊歷過，測量過。研究文學也是如此，你玩索的作品愈多，種類愈複雜，風格愈紛歧，你的比較資料愈豐富，透視愈正確，你的鑑別力（這就是趣味）也就愈可靠。

人類心理都有幾分惰性，常以先入爲主，想獲得一種新趣味，往往須戰勝一種很頑強的抵抗力。許多舊文學家不能欣賞新文學作品，就因爲這個道理。就我個人的經驗來說，起初習文言文，後來改習語體文，頗費過一番衝突與掙扎。在才置信語體文時，對文言文頗有些反感，後來多經摸索，覺得文言文仍有它的不可磨滅的價値。專就學文言文說，我起初學桐城派古文，跟著古文家們罵六朝文的綺靡，後來稍致力於六朝人的著作，才覺得六朝文也有爲唐宋文所不可及處。在詩方面我從唐詩入手，覺宋詩索然無味，後來讀宋人作品較多，才發現宋詩也特有一種風味。我學外國文學的經驗也大致相同，往往從篤嗜甲派不了解乙派，到了解乙派而對甲派重新估定價值。我因而想到培養文學趣味好比開疆闢土，須逐漸把本來非我所有的征服爲我所有。英國詩人華茲華斯說道：「一個詩人不僅要創造作品，還要創造能欣賞那種作品的趣味。」我想不僅作者如此，讀者也須時常創造他的趣味。生生不息的趣味才是活的趣味，像死水一般靜止的趣味必定陳腐。活的趣味時時刻刻在發現新境界，死的趣味老是囿在一個窄狹的圈子裡。這道理可以適用於個人的文學修養，也可以適用於全民族的文學演進史。

文學上的低級趣味（上）

——關於作品內容

一般討論文學的人大半側重好的文學作品，不很注意壞的文學作品，所以導引正路的話說得多，指示迷途的話說得少。劉彥和在《文心雕龍》裡有一篇〈指瑕〉，只談到用字不妥一點。章實齋在《文史通義》裡有一篇〈古文十弊〉，只專就古文立論，而且連古文的弊病也未能說得深中要害，例如譏刺到「某國某封某公同里某人之柩」之類好襲頭銜的毛病，未免近於瑣屑。嗣後模仿〈古文十弊〉的文章有張鴻來的〈今文十弊〉（見《北平師大月刊》第十三期）和林語堂的〈今文八弊〉（見《人間世》第二十七期），也都偏從文字體裁和文人習氣方面著眼，沒有指出文學本身上的最大毛病。我以為文學本身上的最大毛病是低級趣味。所謂「低級趣味」就是當愛好的東西不會愛好，不當愛好的東西偏特別愛好。古人有「嗜痂成癖」的故事，就飲食說，愛吃瘡疤是一種低級趣味。在文學上，無論是創作或是欣賞，類似「嗜痂成癖」的毛病很多。許多人自以爲在創作文學或欣賞文學，其實他們所做的勾當與文學毫不相干。文學的創作和欣賞都要靠極銳敏的美醜鑑別力，沒有這種鑑別力就會有低級趣味，把壞的看成好的。這是一個極嚴重的毛病。

在這兩篇文章裡我想把文學上的低級趣味分爲十項來說。弊病並不一定只有十種，我不過仿章實齋〈古文十弊〉的先例，略舉其成數而已，其餘的不難類推。我把我所學的十種低級趣味略加分析，發現其中有五種是偏於作品內容的，另外五種是偏於作者態度的。

本篇先說關於內容方面的低級趣味。本來文學之所以爲文學，在內容與形式構成不可分拆的和諧的有機整體。如果有人專從內容著眼或專從形式著眼去研究文學作品，他對於文學就不免是外行。比如說崔顥的〈長干行〉「君家何處住？妾住在橫塘。移舟暫借問，或恐是同鄉」這首短詩，如果把內容和形式拆開來說，那女子攀問同鄉一段情節（內容）算得什麼？那二十字所排列的五絕體（形式）又算得什麼？哪一個船碼頭上沒有攀問同鄉的男女？哪一個村學究不會胡謅五言四句？然而〈長干行〉是世人公認的好詩，它就好在把極尋常的情節用極尋常的語言表現成爲一種生動的畫境，使讀者如臨其境，如見其人，如聞其聲，如見其情。這是一個短例，一切文學作品都可作如此觀。但是一般人往往不明白這個淺近的道理，遇到文學作品，不追問表現是否完美而專去問內容。他們所愛好的內容最普遍的是下列五種。

第一是偵探故事。人生來就有好奇心，一切知識的尋求，學問的探討以及生活經驗的嘗試，都由這一點好奇心出發，故事愈穿插得離奇巧妙，也就愈易發生樂趣。穿插得最離奇巧妙的莫過於偵探故事。看這種故事有如猜謎，先有一個困難的疑團，產生疑團的情境已多少埋伏著可以解釋疑團的線索，若隱若現，忽起忽沒，舊線索牽引新線索，三彎九轉，最後終於轉到答案。在搜尋線索時，「山重水複疑無路，柳暗花明又一村」，是一種樂趣；在窮究到底細時，「一旦豁然貫通」，更是一種樂趣。貪求這種樂趣本是人情之常，而且文學作品也常顧到要供給這種樂趣，在故事結構上做功夫。小說和戲劇所常講究的「懸揣與突驚」（suspense and surprise）便是偵探故事所賴以引人入勝的兩種技巧。所以愛好偵探故事本身並不是一種壞事，在文學作品中愛好偵探故事的成分也不是一種壞事。但是我們要明白，單靠尋常偵探故事的一點離奇巧妙的穿插絕不能成爲文學作品，而且文學作品中有這種穿插的，它的精華也絕不在此。文學作品之成爲文學作品，在能寫出具體的境界，生動的人物和深刻的情致。它不但要能滿足理智，尤其要感動心靈。這恰是一般偵探故事所缺乏的，看最著名的《福爾摩斯偵探案》或《春明外史》就可以明白。它們有如解數學難題和猜燈謎，所打動的是理智不是情感。一般人的錯誤就在把這一類故事不但看成文學作品，而且看成最好的文學作品，廢寢忘餐，手不釋卷，覺得其中滋味無窮。他們並且拿讀偵探故事的心理習慣去讀眞正好的文學作品，第一要問它有沒有好故事，至於性格的描寫，心理的分析，情思與語文的融貫，人生世相的深刻了解，都全不去理會。如果一種文學作品沒有偵探故事式的穿插，儘管寫得怎樣好，他們也嘗不出什麼味道。這種低級趣味的表現在一般讀者中最普遍。

其次是色情的描寫。文學的功用本來在表現人生，男女的愛情在人生中占極重要的位置，文學作品常用愛情的「母題」，本也無足深怪；一般讀者愛好含有愛情「母題」的文學作品更無足深怪。不過我們必須明白一點重要的道理。愛情在文藝中只是一種題材，像其它題材一樣，本身只像生銅頑石，要經過熔煉雕琢，得到藝術形式，才能成爲藝術作品。所以文藝所表現的愛情和實際人生的愛情有一個重要的分別，就是一個得到藝術的表現，一個沒有得到藝術的表現。《西廂記》裡「軟玉溫香抱滿懷，春至人間花弄色，露滴牡丹開」幾句所指的是男女交媾。普通男女交媾是一回事；這幾句詞卻不只是這麼一回事，它在極淫猥的現實世界之上造成另一個美妙的意象世界。我們把這幾句詞當作文藝欣賞時，所欣賞的並不是男女交媾那件事實，而是根據這件事實而超出這件事實的意象世界。我們驚讚這樣極平凡的事實表現得這樣美妙。如果我們所欣賞的只是男女交媾這件事實，那麼，我們大可以在實際人生中到處找出這種欣賞對象，不必求之於文藝。這個簡單的說明可以使我們明白一般文藝欣賞的道理。我們在文藝作品中所當要求的是美感，是聚精會神於文藝所創造的意象世界，是對於表現完美的驚讚；而不是實際人生中某一種特殊情緒，如失戀、愛情滿意、窮愁潦倒、恐懼、悲傷、焦慮之類。自然，失戀的人讀表現失戀情緒的作品，特別覺得痛快淋漓。這是人之「常情」，卻不是「美感」。文藝的特質不在解救實際人生中自有解救的心理上或生理上的饑渴，它不應以刺激性欲和滿足性欲爲目的，我們也就不應在文藝作品中貪求性欲的刺激或滿足。但是事實上不幸得很，有許多號稱文藝創作者專在逢迎人類要滿足實際饑渴這個弱點，儘量在作品中刺激性欲，滿足性欲；也有許多號稱文藝欣賞者在實際人生中的欲望不能兌現，儘量在文學作品中貪求性欲的刺激和滿足。鴛鴦蝴蝶派小說所以風行，就因爲這個緣故。這種低級趣味的表現在「血氣方剛」的男男女女中最爲普遍。

第三是黑幕的描寫。拿最流行的小說來分析，除掉偵探故事與色情故事以外，最常用的材料是社會黑幕。從前上海各報章所常披露的《黑幕大觀》之類的小說（較好的例有《官場現形記》和《二十年目睹之怪現狀》）頗風行一時，一般人愛看這些作品，如同他們打開報紙先看離婚案、暗殺案、詐騙案之類新聞一樣，所貪求的就是那一點强烈的刺激，西方人所說的sensation。本來社會確有它的黑暗方面，文學要眞實地表現人生，並沒有把世界渲染得比實際更好的必要。如果文藝作品中可悲的比可喜的情境較多，唯一的理由就是現實原來如此，文學只是反映現實。所以描寫黑幕本身也並不是一件壞事。歐洲文學向推悲劇首屈一指，近代比較偉大的小說也大半帶有悲刻性；這兩類文學所寫的也還可以說都是黑幕，離不掉殘殺、欺騙、無天理良心之類的事件。不過悲劇和悲劇性的小說所以崇高，並不在描寫黑幕，而在達到藝術上一種極難的成就，於最困逆的情境見出人性的尊嚴，於最黑暗的方面反映出世相的壯麗。它們令我們對於人生朝深一層看，也朝高一層看。我們不但不感受實際悲慘情境所應引起的頹喪與苦悶，而且反能感發興起，對人生起一種虔敬。從悲劇和悲劇性的小說我們可以看出藝術點染的功用。大約情節愈慘酷可怕，藝術點染的需要也就愈大，成功也就愈難。所以把黑幕化爲藝術並不是一件易事。如果只有黑幕而沒有藝術，它所賴以打動讀者的就是上文所說的那一點强烈的刺激。我們在作品中愛看殘酷、欺騙、卑汚的事迹，猶如在實際人生中愛看這些事跡一樣，所謂「隔岸觀火」，爲是是要滿足殘酷的劣根性。刑場上要處死犯人，不是常有許多人搶著去看麼？離開藝術而欣賞黑幕，心理和那是一樣的。這無疑地還是一種低級趣味。

第四是風花雪月的濫調。古代文藝很少有流連風景的痕迹，自然通常只是人物生活的背景，畫家和文人很少爲自然而描寫自然。崇拜自然的風氣在歐洲到十九世紀浪漫主義起來以後才盛行。在中國它起來較早，從東晋起它就很占勢力，所謂「老莊告退而山水方滋」，陶、謝的詩是這種新風氣之下最燦爛的產品。從藝術境界說，注意到自然風景的本身，確是一種重要的開拓。人類生長在自然裡，自然由仇敵而變成契友，彼此間互相的關係日漸密切。人的思想情感和自然的動靜消息常交感共鳴。自然界事物常可成爲人的內心活動的象徵。因此文藝中乃有「即景生情」、「因情生景」、「情景交融」種種勝境。這是文藝上一種很重要的演進，誰都不否認。但是因爲自然在大藝術家和大詩人的手裡曾經放過奇葩異彩，因爲它本身又可以給勞苦困倦者以愉快的消遣和安息，一般人對於它與藝術的關係便發生一種誤解，以爲風花雪月、花鳥山水之類事物是美的，文藝用它們做材料，也就因而是美的。這是誤解，因爲它假定藝術的美醜取決於題材的美醜。有些作家相信要寫成偉大的作品，必選擇偉大的題材如英雄事迹之類，和相信作品裡有風花雪月、花鳥山水等等就可以美，是犯了同樣的錯誤。他們不明白「連篇累牘盡是月露風雲」，其中有許多實在是空洞腐濫，不表現任何情感，也不能引起任何情感。從前號稱風雅的騷人墨客常犯這毛病，現在新文學家有時也「雅到俗不可耐」。許多關於自然的描寫都沒有情感上的絕對必要，只是相習成風，人家盲目地說這才美，自己也就跟著相信這眞是美。這種心理習慣，就是心理學家所謂「套板反應」（stock response），是一切低級趣味的病根。

第五是口號教條。文藝是不是一種宣傳工具呢？關於這一點，我知道我的意見和許多人的不相同，話說來很長，我在《文藝心理學》裡已說得相當詳細，在這裡我只能說一個梗概。這問題在古今中外都鬧得很久，雙方都有很有力的人提出很有力的理論，我們用不著固執成見。從一方面看，文藝對於人生必有徹底的了解與同情，把這了解與同情滲透到讀者的心裡，使他們避免狹陋與自私所必有的惡果；同時，它讓心靈得到自由活動，情感得到健康的宣洩和怡養，精神得到完美的寄托場所，超脫現實世界所難免的穢濁而徜徉於純潔高尚的意象世界，知道人生永遠有更值得努力追求的東西在前面，——這一切都可以見出艾藝對於人的影響是良好的，人可以從文藝中得到極好的教訓，最好的宣教工具就莫過於文藝。但從另一方面看，文藝在創作與欣賞中都是一種獨立自足的境界，它自有它的生存理由，不是任何其他活動的奴屬，除掉創造出一種合理慰情的意象世界叫做「作品」的東西以外，它沒有其他目的，其他目的如果闖入，那是與藝術本身無關的。存心要創造藝術，那是一種內在的自由的美感活動；存心要教訓人，那是一種道德的或實用的目的。這兩樁事是否可合而爲一呢？一箭射雙鵰是一件很經濟的事，一人騎兩馬卻是一件不可能的事，拿文藝做宣傳工具究竟屬於哪一種呢？從美學看，創作和欣賞都是聚精會神的事，顧到教訓就顧不到藝術，顧到藝術也就顧不到教訓。從史實看，大文藝家的作品儘管可以發生極深刻的教訓作用，可是他們自己在創造作品時大半並不存心要教訓人；存心要教訓人的作品大半沒有多大藝術價值。所以我對於利用文藝作宣傳工具一事極端懷疑。我並不反對宣傳，但是我覺得用文藝作宣傳工具，作品既難成功，就難免得反結果，使人由厭惡宣傳所取的形式因而厭惡到所宣傳的主張。我也很了解甚至同情宣傳者要冒文藝的名，但是我覺得從事於文藝的人要明白此中底細，立定腳跟，不要隨聲附和。我本不想說出這番不合時宜的話來開罪許多新作家，但是我深深感覺到「口號教條文學」在目前太流行，而中國新文學如果想有比較偉大的前途，就必須作家們多效忠於藝術本身。

他們須感覺到自己的尊嚴，藝術的尊嚴以至於讀者的尊嚴；否則一味作應聲蟲，假文藝的美名，做吶喊的差役，無論從道德觀點看或從藝術觀點看，都是低級趣味的表現。

總觀上述五種弊病，共同的病根在離開藝術而單講內容。離開藝術，內容本身就可以使我們愛好或厭惡，那自然也是常有的事，但那並不是藝術觀點上的好惡；我們要愛它惡它，並不一定要在藝術作品中去找它。許多偉大的作品所用的材料都很平凡，許多美麗的作品所用的材料都很醜陋。藝術之爲藝術，並不在所用的材料如何，而在取生糙的自然在情感與想像的爐火裡熔煉一番，再雕琢成爲一種超自然的意象世界。一種內容既經過藝術的表現，就根本變成另外一回事，我們就應把它當作內容形式不可分的有機體看待。我們鑑賞的對象不是未經藝術點化以前生糙的內容（如偵探故事、愛情故事、黑幕、自然風景、抽象的道理之類），而是藝術點化以後的作品。藝術點化的成功或失敗就是美醜好惡所應有的唯一的標準。離開這標準而對於藝術作品判美醜，起好惡，那就是低級趣味。

文學上的低級趣味（下）

——關於作者態度

文藝的功用在表現作者的情感思想，傳達於讀者，使讀者由領會而感動。就作者說，他有兩重自然的急迫需要。第一是表現。情感思想是生機，自然需要宣洩，宣洩才暢通愉快，不宣洩即抑鬱苦悶。所以文藝是一件不得已的事。一個作家如果無絕對的必要，他最好是守緘默；得已而不已，勉强找話來說，他的動機就不純正，源頭就不充實，態度就不誠懇，作品也就不會有很大的藝術價值。其次是傳達的需要。人是社會動物，需要同情，自己愈珍視的精神價值愈熱烈地渴望有人能分享。一個作者肯以深心的祕蘊交付給讀者，就顯得他對讀者有極深的同情，同時也需要讀者的同情報答。所以他的態度必須是誠懇的，嚴肅而又親切的。如果一個作家在內心上並無這種同情，只是要向讀者博取一點版稅或是虛聲，爲達到這種不很光明的目的，就不惜擇不很光明的手段，逢迎讀者，欺騙讀者，那也就絕說不上文藝。在事實上，文藝成爲一種職業以後，這兩種毛病，這表現與傳達兩種急迫需要的缺乏，都很普遍。作者對自己不忠實，對讀者不忠實，如何能對藝術忠實呢？這是作者態度上的基本錯誤，許多低級趣味的表現都從此起。

第一是無病呻吟，裝腔作勢。文藝必出於至性深情，誰也知道。但是沒有至性深情的人也常有出產作品的引誘，於是就只有裝腔作勢，或是取淺薄俗濫的情調加以過分的誇張。最壞的當然是裝腔作勢，心裡沒有那種感觸，卻裝著有那種感觸。滿腔塵勞俗慮，偏學陶謝滋情山水，冒充風雅；色情的追逐者實際只要滿足生理的自然需要，卻跟著浪漫詩人謳歌戀愛聖潔至上；過著小資產階級的生活，行徑近於市儈土紳，卻詛咒社會黑暗，談一點主義，喊幾聲口號，居然像一個革命家。如此等類，數不勝數，沐猴而冠，人不像人。此外有一班人自以爲有的是情感，無論它怎樣淺薄俗濫，都把它合盤托出，儘量加以渲染誇張。這可以說是「洩氣主義」。人非木石，誰對於人事物態的變化沒有一點小感觸？春天來了，萬物欣欣向榮，心裡不免起一陣欣喜或一點留戀；秋天來了，生趣逐漸蕭索，回想自家身世，多少有一點遲暮之感；清風明月不色擾動閨思，古樹暮鴉不免令人暗傷羈旅；自己估定的身價沒有得到社會的重視，就覺得懷才莫展，牢騷抑鬱；喝了幾杯老酒，心血來潮，彷彿自己有一副蓋世英雄的氣概，倘若有一兩位「知己」，披肝瀝膽，互相推許，於是感激圖報的「義氣」就湧上來了。這一切本來都是人情之常，但是人情之常中正有許多荒唐妄誕，酸氣濫調，除掉當作喜劇的穿插外，用不著大吹大擂。不幸許多作家終生在這些淺薄俗濫的情調中討生活，像醉漢囈語，就把這些淺薄俗濫的情調傾瀉到他們所謂「作品」裡去。「一把辛酸淚」卻是「滿紙荒唐言」。這種「洩氣主義」有它的悠久的歷史傳統。中國自古有所謂「騷人墨客」，徜徉詩酒，嗟嘆生平，看他們那樣「狂歌當泣」的神情，竟似胸中眞有銷不盡的閑愁，澆不平的塊壘。至於一般士女的理想向來是才子佳人，而才子佳人的唯一的身分證是「善病工愁」，「吟風弄月」。在歐洲，與浪漫主義結緣最深的「感傷主義」（sentimentalism）事實上也還是一種「洩氣主義」。詩人們都自以爲是謫落人寰的天仙，理想留在雲端，雙腳陷在泥淖，不能自拔，怨天尤人，彷彿以爲不帶這麼一點感傷色彩，就顯不出他們的高貴的身分。拜倫的那一身刺眼的服裝，那一副憔悴行吟、長吁短嘆的神情，在當時迷醉了幾多西方的佳人才子！時代過了，我們冷眼看他一看，他那一副挺得筆直，做姿勢讓人畫像的樣子是多麼滑稽可笑！我們在這新舊交替之際，還有許多人一方面承繼著固有的騷人墨客和才子佳人的傳統，一方面又染著西方浪漫主義的比較粗陋一面的色彩，滿紙痛哭流淚，骨子裡實在沒有什麼親切深摯的情感。這種作品，像柏拉圖老早就已經看到的，可以逢迎人類愛找情感刺激的弱點，常特別受讀者歡迎。這種趣味是低級的，因爲它是頹廢的，不健康的，而且是不藝術的。

其次是憨皮臭臉，油腔滑調。取這種態度的作者大半拿文藝來逢場作戲，援「幽默」作護身符。本來文藝的起源近於遊戲，都是在人生世相的新鮮有趣上面玩索流連，都是人類在精力富裕生氣洋溢時所發的自由活動，所以文藝都離不掉幾分幽默。我在《詩論》裡〈詩與諧隱〉篇曾經說過：「凡詩都難免有若干諧趣。情緒不外悲喜兩端。喜劇中都有諧趣，用不著說；就是把最悲慘的事當作詩看時，也必在其中見出諧趣。我們如果仔細玩味蔡琰的〈悲憤詩〉或是杜甫的〈新婚別〉之類的作品，或是寫自己的悲劇，或是寫旁人的悲劇，都是痛定思痛，把所寫的事看成一種有趣的意象，有幾分把它當作戲看的意思。絲毫沒有諧趣的人大概不易做詩，也不易欣賞詩。詩與諧都是生氣的富裕，不能諧是枯燥貧竭的徵候，枯燥貧竭的人和詩沒有緣分。但是詩也是最不易諧，因爲詩最忌輕薄，而諧則最易流於輕薄。」這段引語裡的「諧」就是幽默，我這番話雖專就詩說，實在可通用於一般文藝。我們須承認幽默對於文藝的重要，同時也要指出幽默是極不容易的事。幽默有種種程度上的分別。說高一點，莊子、司馬遷、陶潛、杜甫一班大作家有他們的幽默；說低一點，說相聲、玩雜耍、村戲打諢、市井流氓鬥唇舌、報屁股上的餘興之類玩藝也有他們的幽默。幽默之中有一個極微妙的分寸，失去這個分寸就落到下流輕薄。大約在第一流作品中，高度的幽默和高度的嚴肅常化成一片，一譏一笑，除掉助興和打動風趣以外，還有一點深刻雋永的意味，不但可耐人尋思，還可激動情感，笑中有淚，譏諷中有同情。許多大詩人、悲劇家、喜劇家和小說家常有這副本領。不過這種幽默往往需要相當的修養才能領會欣賞，一般人大半只會欣賞說相聲、唱雙簧、村戲打諢、流氓顯俏皮勁那一類的幽默。他們在實際人生中歡喜這些玩藝，在文藝作品中也還是要求這些玩藝。有些作家爲著要逢迎這種低級趣味，不惜自居小醜，以謔浪笑傲爲能事。前些時候有所謂「幽默小品」藉幾種流行的刊物轟動了一時，一般男女老少都買它，讀它，羡慕它，模仿它。一直到現在，它的影響還很大。

第三是搖旗吶喊，黨同伐異。思想上只有是非，文藝上只有美醜。我們的去取好惡應該只有這一個標準。如果在文藝方面，我們有敵友的分別，凡是對文藝持嚴肅純正的態度而確有成就者都應該是朋友，凡是利用文藝作其他企圖而作品表現低級趣味者都應該是仇敵。至於一個作者在學術、政治、宗教、區域、社會地位各方面是否和我相同，甚至於他和我是否在私人方面有無恩怨關係，一律都在不應過問之列。文藝是創造的，各人貴有獨到，所以人與人在文藝上不同，比較在政治上或宗教上不同應該還要多些。某一地某一時的文藝，不同愈多，它的活力也就愈大。當然，每一時一地的作家傾向常有相近的，本著同聲相應的原則，聚集在一起成爲一種派別，這是歷史上常有的事而且本身也不是壞事。不過模仿江湖幫客結義的辦法，立起一個寨主樹起一面旗幟，招徒聚衆，搖旗吶喊，自壯聲威，逼得過路來往人等都來「落草」歸化，敢有別樹一幟的就興師動衆，殺將過去，這種辦法於己於人都無好處，於文藝更無好處。我們無用諱言，這種江湖幫客的惡習在我們的文藝界似仍很猖獗。文藝界也有一班野心政客，要霸占江山，壟斷顧客，爭竊宗主，靦顏以「提攜新進作家」自命，招收徒弟，一有了「羣衆」，就像王麻兒賣膏藥，沿途號喊「只此一家，謹防假冒」，至於自己的膏藥是「萬寶靈應」，那更不用說了。他們一方面既虛張自己的聲勢，寫成一部作品便大吹大擂地聲張出去；一方面又要殺他人的威風，遇到一個不在自己旗幟之下的作品，便把它扯得稀爛，斷章取義把它指摘得體無完膚，最優待的辦法也只是予以冷酷的忽視。這種「策略」並不限於某一派人。文言作者與白話作者相待如此，白話作者中種種派別互相對待也是如此。可憐許多天眞的讀者經不起這種吶喊嘲罵的暗示，深入彀中而不自知，不由自主地養成一些偏見，是某派某人的作品必定是好的，某派某人的作品必定是壞的，在閱讀與領會之前便已注定了作品的價值。拿「低級趣味」來形容他們，恐怕還太輕吧。

第四是道學冬烘，說教勸善。我們在討論題材內容時，已經指出文藝宣傳口號教條的錯誤。在這裡我們將要談的倒不是有意作宣傳的作品，而是從狹義的道德觀點來看作品中人物情境這個普遍的心理習慣。文藝要忠實地表現人生，人生原有善惡媸妍幸運災禍各方面。我們的道德意識天然地叫我們歡喜善的，美的，幸運的，歡樂的一方面，而厭惡惡的，醜的，災禍的，悲慘的一方面。但是文藝看人生，如阿諾德所說的，須是「鎭定的而且全面的（Look on Life steadily and as a whole），就不應單著眼到光明而閃避黑暗。站在高一層去看，相反的往往適以相成，造成人生世相的偉大莊嚴，一般人卻不容易站在高一層去看，在實際人生中儘管有缺陷，在文藝中他們卻希望這種缺陷能得到彌補。莎士比亞寫《李爾王》，讓一個最孝順最純潔的女子在結局時遭遇慘死。約翰遜說他不能把這部悲劇看到終局，因爲收場太慘。十八世紀中這部悲劇出現於舞台，收場完全改過，孝女不但沒有死而且和一位忠臣結了婚。我們中國的《紅樓夢》沒有讓賈寶玉和林黛玉大團圓，許多人也引爲憾事，所以有《續紅樓夢》來彌補這個缺陷。《西廂記》本來讓鶯鶯改嫁鄭恒，《錦西廂》卻改成嫁鄭恒的是紅娘，鶯鶯終於歸了張珙。諸如此類的實例很多，都足以証明許多人把「道德的同情」代替了「美感的同情」。這分別在哪裡呢？比如說一個戲子演曹操，扮那副老奸巨滑的樣子，維妙維肖，觀衆中有一位木匠手頭恰提著一把斧子，不禁義憤塡膺，奔上戲台去把演曹操的那人的頭砍下。這位木匠就是用「道德的同情」來應付戲中人物；如果他用「美感的同情」，扮曹操愈像，他就應該愈高興，愈喝采叫好。懂得這個分別，我們再去看看一般人是用哪一種同情去讀小說戲劇呢？看武松殺嫂，大家感覺得痛快，金聖嘆會高叫「浮一大白」；看晴雯奄奄待斃，許多少爺小姐流了許多眼淚。他們要「善惡報應，因果昭彰」，要「天下有情人都成眷屬」，要替不幸運的打抱不平。從道德的觀點看，他們的義氣原可欽佩；從藝術的觀點看，他們的頭腦和《太上感應篇》、《陰隲勸世文》諸書作者的是一樣有些道學冬烘氣，都不免有低級趣味在作祟。

第五是塗脂抹粉，賣弄風姿。文藝是一種表現而不是一種賣弄。表現的理想是文情並茂，「充實而有光輝」，雖經苦心雕琢，卻是天衣無縫，自然熨貼，不現勉强作爲痕迹。一件完美的藝術品像一個大家閨秀，引人注目而卻不招邀人注目，擧止大方之中仍有她的貞靜幽閑，有她的高貴的身分。藝術和人一樣，有它的品格，我們常說某種藝術品高，某種藝術品低，品的高低固然可以在多方面見出，最重要的仍在作者的態度。品高的是誠於中，形於外，表裏如一的高華完美。品低的是內不充實而外求光輝，存心賣弄，像小家娼婦塗脂抹粉，招搖過市，眉挑目送的樣子。文藝的賣弄有種種方式。最普通的是賣弄詞藻，只顧堆砌漂亮的字眼，顯得花枝招展，絢爛奪目，不管它對於思想情感是否有絕對的必要。從前駢儷文犯這毛病的最多，現在新進作家也有時不免。其次是賣弄學識。文藝作者不能沒有學識，但是他的學識須如鹽溶解水裡，嘗得出味，指不出形狀。有時飽學的作者無心中在作品中流露學識，我們尙不免有「學問汩沒性靈」之感，至於有意要賣弄學識，如暴發戶對人誇數家珍，在尋常做人如此已足見趣味低劣，在文藝作品中如此更不免令人作嘔了。過去中國文人犯這病的最多，在詩中用僻典，談哲理，寫古字，都是最顯著的例。新文學作家常愛把自己知道比較淸楚的材料不分皂白地和盤托出，不管它是否對於表現情調、描寫人物或是點明故事爲絕對必需，寫農村就把農村所有的東西都擺進去，寫官場也就把官場所有的奇形怪狀都擺進去，有如雜貨店，七零八落的貨物亂堆一起，沒有一點整一性，連比較著名的作品如賽珍珠的《大地》，吳趼人的《二十年目睹之怪現狀》之類均不免此病，這也還是賣弄學識。另外是賣弄才氣。文藝作者固不能沒有才氣，但是逞才使氣，存心炫耀，仍是趣味低劣。像英國哲學家休謨和法國詩人魏爾蘭所一再指示的，文學不應只是「雄辯」（elcquence），而且帶不得雄辯的色彩。「雄辯」是以口舌爭勝，說話的人要顯出他聰明，要博得羣衆的羨慕，要講究話的「效果」，要拿出一副可以鎮壓人說服人的本領給人看，免不掉許多裝模作樣，愈顯得出才氣愈易成功。但是這種浮淺的炫耀對於文學作品卻是大汚點。一般文學作者愈有才氣，也就愈難避免炫耀雄辯的毛病。從前文人誇口下筆萬言，倚馬可待，文成一字不易，做詩押險韻，和韻的詩一做就是幾十首，用堂皇鏗鏘的字面，戲劇式表情的語調，浩浩蕩蕩，一瀉直下，乍聽似可喜，細玩無餘味，這些都是賣弄才氣，用雄辯術於文學。愛好這一類的作品在趣味上仍不很高。

文學趣味上的毛病是數不盡的，以上十點只是舉其犖犖大者。十點之中有些比較嚴重，有些比較輕微，但在一般初學者中都極普遍。許多讀者聽到我這番話，發現他們平時所沾沾自喜的都被我看成低級趣味，不免怪我太嚴格苛求，太偏狹。這事不能以口舌爭，我只能說：一個從事文學者如果入手就養成低級趣味，愈向前走就離文學的坦途大道愈遠。我認爲文學教育第一件要事是養成高尚純正的趣味，這沒有捷徑，唯一的辦法是多多玩味第一流文藝傑作，在這些作品中把第一眼看去是平淡無奇的東西玩味出隱藏的妙蘊來，然後拿「通俗」的作品來比較，自然會見出優劣。優劣都由比較得來，一生都在喝壞酒，不會覺得酒的壞，喝過一些好酒以後，壞酒一進口就不對味。一切方面的趣味大抵如此。

寫作練習

研究文學只閱讀絕不夠，必須練習寫作，世間有許多人終身在看戲、念詩、讀小說，卻始終不動筆寫一齣戲，一首詩或是一篇小說。這種人容易養成種種錯誤的觀念。自視太低者以爲寫作需要一副特殊的天才，自問既沒有天才，縱然寫來寫去，總寫不到名家的那樣好，倒不如索性不寫爲妙。自視過高者以爲自己已經讀了許多作品，對於文學算是內行，不寫則已，寫就必與衆不同，於是天天在幻想將來寫出如何偉大的作品，目前且慢些再說。這兩種人閱讀愈多，對於寫作就愈懶惰，所以有人把學問看成寫作的累，以爲學者與文人根本是兩回事。這自然又是一個錯誤的觀念。

只閱讀而不寫作的人還另有一種誤解，以爲自己寫起來雖是平庸，看旁人的作品卻有一副高明的眼光，這就是俗語所謂「眼高手低」。一般職業的批評家歡喜拿這話頭來自寬自解。我自己在文藝批評中鬼混了一二十年，於今深知在文藝方面手眼必須一致，眼低者手未必高，手低者眼也未必高。你自己沒有親身體驗過寫作的甘苦，對於旁人的作品就難免有幾分隔靴搔癢。很顯著的美醜或許不難看出，而於作者苦心經營處和靈機煥發處，微言妙趣大則源於性情學問的融會，小則見於一字一句的選擇與安排，你如果不曾身歷其境，便難免忽略過去。克羅齊派美學家說，要欣賞莎士比亞，你須把你自己提升到莎士比亞的水準。他們理應補充一句說：你無法把自己提升到莎士比亞的水準，除非你試過他的工作。莎士比亞的朋友本・瓊森說得好：「只有詩人，而且只有第一流詩人，才配批評詩。」你如果不信這話，你試想一想：文學批評雖被認為一種專門學問，古今中外有幾個自己不是寫作者而成為偉大的批評家？我只想到亞理斯多德一個人，而他對於希臘詩仍有不少的隔膜處。

文學的主要功用是表現。我們如果只看旁人表現而自己不能表現，那就如啞子聽人說話，人家說得愈暢快，自己愈悶得心慌。聽人家說而自己不說，也不感覺悶，我不相信這種人對於文藝能有眞正的熱忱。人生最大的快慰是創造，一件難做的事做成了，一種悶在心裡的情感或思想表現出來了，自己回頭一看，就如同上帝創造了世界，母親產出了嬰兒，看到它好，自己也充分感覺到自己的力量，越發興起鼓舞。沒有嘗到這種快慰的人就沒有嘗到文學的最大樂趣。

要徹底了解文學，要盡量欣賞文學，你必須自己動手練習創作。創作固然不是一件易事，也不是一件不可能的事。像一切有價值的活動一樣，它需要辛苦學習才能做好。假定有中人之資，依著合理的程序，一步一步地向前進，有一分功夫，決有一分效果，孳孳不輟，到後來總可以達到意到筆隨的程度。這事有如下圍棋，一段一段地前進，功夫沒有到時，慢說想跳越一段，就是想多爭一顆子也不行。許多學子對文學寫作不肯經過淺近的基本的訓練，以爲將來一動筆就會一鳴驚人，那只是妄想，雖天才也未必能做到。

練習寫作有一個最重要的原則須牢記在心的，就是有話必說，無話不說，說須心口如一，不能說謊。文學本來是以語文爲工具的表現藝術。心裡有東西要表現，才拿語文來表現。如果心裡要表現的與語文所表現的不完全相同，那就根本失去表現的功用。所謂「不完全相同」可以有兩個原因，一是作者的能力不夠，一是他存心要說謊。如果是能力不夠，他最好認淸自己能力的限度，專寫自己所能寫的，如是他的能力自然逐漸增進。如果是存心說謊，那是入手就走錯了路，他愈寫就愈入迷，離文學愈遠。許多人在文學上不能有成就，大半都誤在入手就養成說謊的習慣。

所謂「說謊」，有兩種涵義。第一是心裡那樣想而口裡不那樣說。一個作家須有一個「我」在，須勇敢地維護他的「我」性。這事雖不容易，許多人有意或無意地在逢迎習俗，苟求欺世盜名，昧著良心去說話，其實這終究是會揭穿的。文學不是說謊的工具，你縱想說謊也無從說。「言爲心聲」，旁人聽到你的話就會窺透你的心曲，無論你的話是眞是假。《論語》載有幾句逸詩：「棠棣之華，偏其反而；豈不爾思，室斯遠而。」孔子一眼就看破這話的不誠實，他說：「未之思也，夫何遠之有？」作者未嘗不想人相信他「豈不爾思」，但是他心裡「未之思」，語言就無從表現出「思」來。他在文學上失敗，在說謊上也失敗了。

其次，說謊是强不知以爲知。你沒有上過戰場，卻要描寫戰場的生活，沒有仔細研究過一個守財奴的性格，卻在一篇戲劇或小說中拿守財奴做主角，儘管你的想像如何豐富，你所寫的一定缺乏文學作品所必具眞實性，人不能全知，也不能全無所知。一個聰明的作家須認清自己知解的限度，小心謹愼地把眼光注視著那限度以內的事物，看清楚了，才下筆去寫。如果他想超過那限度以外去摸索，他與其在浪漫派作家所謂「想像」上做功夫，不如在寫實派作家所謂「證據」上做功夫，這就是說，增加生活的經驗，把那限度逐漸擴大，說來說去，想像也還是要利用實際經驗。

記得不肯說謊這一個基本原則，每遇到可說的話，就要抓住機會，馬上就寫，要極力使寫出來的和心裡所想的恰相符合。習文有如習畫，須常備一個速寫簿帶在身邊，遇到一片風景，一個人物，或是一種動態，覺得它新鮮有趣，可以入畫，就隨時速寫，寫得不像，再細看擺在面前的模特兒，反覆修改，務求其像而後已。這種功夫做久了之後，我們一可以養成愛好精確的習慣；二可以逐漸養成藝術家看事物的眼光，在日常生活中時時可發現值得表現的情境；三可以增進寫作的技巧，逐漸使難寫的成爲易寫。

在初寫時，我們必須謹守著知道清楚的，和易於著筆的這兩種材料的範圍。我把這兩層分開來說，其實最重要的條件還是知得清楚，知得不清楚就不易於著筆。我們一般人至少對於自己日常生活知得比較清楚，所以記日記是初學習作的最好的方法。普通記日記只如記流水帳，或是作乾燥無味的起居注，那自然與文學無干。把日記當作一種文學的訓練，就要把本身有趣的材料記得有趣。如果有相當的敏感，到處留心，一日之內值得記的見聞感想絕不會缺乏。一番家常的談話，一個新來的客，街頭一陣喧嚷，花木風雲的一種新變化，讀書看報得到的一陣感想，聽來的一件故事，總之，一切動靜所生的印象，都可以供你細心描繪，成爲好文章。你不必預定每天應記的字數，只要把應記的記得恰到好處，長則數百字，短則數十字，都可不拘。你也不必在一天之內同時記許多事，多記難免如「數萊菔下窖」，絕不會記得好。選擇是文學的最重要的功夫，你每天選一件最值得記的，把它記得妥妥貼貼，記成一件「作品」出來，那就夠了。

宇宙間一切現象都可以納在四大範疇裡去，就是情理事態。情指喜怒哀樂之類主觀的感動，理是思想在事物中所推求出來的條理秩序，事包含一切人物的動作，態指人物的形狀。文字的材料就不外這四種。因此文學的功用通常分爲言情、說理、敍事、繪態（亦稱狀物或描寫）四大類。文學作品因體裁不同對這四類功用各有所偏重。例如詩歌側重言情，論文側重說理，歷史、戲劇、小說都側重敍事，山水人物雜記側重繪態。這自然是極粗淺的分別，實際上情理事態常交錯融貫，事必有態，情常寓理，不易拆開。有些文學課本把作品分爲言情、說理、敍事、繪態四類，未免牽强。一首詩、一齣戲或一篇小說，可以時而言情說理，時而敍事繪態。純粹屬於某一類的作品頗不易找出，作品的文學價值愈高，愈是情理事態打成一片。

不過在習作時，我們不妨記起這四類的分別，因爲四類作法對於初學有難有易，初學宜由易而難，循序漸進。從前私塾國文教員往往入手就教學生作論說，至今這個風氣仍在學校裡流行。這辦法實在不妥。說理文需要豐富的學識和嚴謹的思考。這恰是青年人通常所缺乏的。他們沒有說理文所必具的條件而勉强做說理文，勢必襲陳腐的濫調，發空洞的議論。我有時看到大學生的國文試卷，常是滿紙「大凡天下」，學理工者也是如此，因而深深地感覺到不健康的語文教育可以釀成思想糊塗。早習說理文的壞處還不僅此。青年期想像力較豐富，所謂「想像」是指運用具體的意象去思想，與我們一般成年人運用抽象的概念去思想不同。這兩種思想類型的分別恰是文藝與科學的分別。所以有志習文學創作者必須趁想像力豐富時期，學會駕馭具體的情境，讓世界本其光熱色相活現於眼前，不只是一些無血無肉的冷冰冰的理。捨想像不去發展，只耗精力於說理，結果心裡就只會有「理」而不會有「像」，那就是說，養成一種與文藝相反的習慣。我自己吃過這虧，所以知道很清楚。

現代許多文學青年歡喜寫抒情詩文。我曾做過一個文藝刊物的編輯，收到的青年作家的稿件以抒情詩文爲最多。文學本是表現情感的，青年人是最富於情感的，這兩件事實湊攏起來，當然的結論是青年人是愛好文學的。在事實上許多青年人走上文學的路，也確是因爲他們需要發洩情感。不過就習作說，入手就寫言情詩文仍是不妥當。第一，情感迷離恍惚，不易捉摸，正如夢中不易說夢，醉中只覺陶陶。詩人華玆華斯說得好：「詩起於沈靜中回味得來的情緒」，意與中文成語「痛定思痛」相近。青年人容易感受情緒，卻不容易於沈靜中回味情緒，感受情緒而加以沈靜回味是始而「入乎其中」，繼而「出乎其外」，這需要相當的修養。回味之後，要把情緒表現出來，也不能悲即言悲，喜即言喜，必須使情緒融化於具體的意象，或寓情於事，如「步出城東門，遙望江南路，前日風雪中，故人從此去」，不言惜別而惜別自見；或寓情於景（即本文所謂態），如「西風殘照，漢家陵闕」，不言悲涼而悲涼自見。所謂言情必借敍事繪態，如果沒有先學敍事繪態，言情文絕不易寫得好。現在一般青年作家只知道抽象地說悲說喜，再加上接二連三的驚嘆號，以爲這就算盡了言情的能事。悲即言悲，喜即言喜，誰不會？堆砌驚嘆號，誰不會？只是你言悲言喜而讀者不悲不喜，你用驚嘆號而讀者並不覺有驚嘆的必要，那還算得什麼文學作品？其次，情感自身也需要陶冶熔煉，才值得文學表現。人生經驗愈豐富，事理觀察愈深刻，情感也就愈沈著，愈易融化於具體的情感。最沈重的言情詩文往往不是一個作家的早年作品，我們的屈原、庾信、杜甫和蘇軾，西方的但丁、莎士比亞和歌德都可以爲證。青年人的情感來得容易，也來得浮泛，十個人失戀就有九個人要悲觀自殺，就有九個人表現同樣的姿態，過了一些時候，就有九個人仍舊歡天喜地過日子。他們的言情作品往往表現一種淺薄的感傷主義，即西方人所謂 sentimentalism。這恰是上品言情文的大忌諱。

爲初學寫作者說法，說理文可緩作，言情文也可緩作，剩下來的只有敍事繪態兩種。事與態都是擺在面前的，極具體而有客觀性，比較容易捉摸，好比習畫寫生，模特兒擺在面前，看著它一筆一筆地模擬，如果有一筆不像，還可以隨看隨改。緊抓住實事實物，絕不至墮入空洞膚泛的惡習。敍事與繪態之中還是敍事最要緊。敍事其實就是繪動態，能繪動態就能繪靜態。純粹的繪靜態文極易流於呆板，而且在事實上也極少見。事物不能很久地留在靜態中，離靜而動，即變爲事，即成爲敍事的對象。因此敍事文與繪態文極不易分，敍事文即於敍事中繪態，繪態文也必夾敍事才能生動。敍事文與繪態文做好了，其他各體文自可迎刃而解，因爲嚴格地說，情與理還是心理方面的動作，還是可以認成「事」，還是有它們的「態」，所不同者它們比較偏於主觀的，不如一般外在事態那樣容易著筆。在外在事態上下過一番功夫，然後再以所得的嫻熟的手腕去應付內在的事態（即情理），那就沒有多大困難了。

作文與運思

作文章通常也叫做「寫」文章，在西方中作家一向稱「寫家」，作品叫做「寫品」。寫須用手，故會做文章的人在中文裡有時叫做「名手」，會讀而不會作的人說是「眼高手低」。這種語文的習慣頗值得想一想。到底文章是「作」的還是「寫」的呢？創造文學的動作是「用心」還是「用手」呢？

這問題實在不像它現於浮面的那麼膚淺。因近代一派最佔勢力的美學——克羅齊派——所爭辯的焦點就在此。依他們看，文藝全是心靈的活動，創造就是表現也就是直覺。這就是說，心裡想出一具體境界，情趣與意象交融，情趣就已表現於那意象，而這時刻作品也就算完全成就了。至於拿筆來把心裡所已想好的作品寫在紙上，那並非「表現」，那只是「傳達」或「記錄」。表現（即創造）全在心裡成就，記錄則如把唱出的樂歌灌音到留聲機片上去，全是物理的事實，與藝術無關。如我們把克羅齊派學說略加修正一下，承認在創造時，心裡不僅想出可以表現情趣的意象，而且也想出了描繪那意象的語言文字，這就是說，全部作品都有了「腹稿」，那麼「寫」並非「作」的一個看法大致是對的。

我提出這個問題和聯帶的一種美學觀點，因爲它與作文方法有密切的關係。普通語文習慣把「寫」看成「作」，認爲寫是「用手」，也有一個原因。一般人作文往往不先將全部想好，拈一張稿紙，提筆就寫，一直寫將下去。他們在寫一句之前，自然也得想一番，只是想一句寫一句，想一段，寫一段；上句未寫成時，不知下句是什麼，上段未寫成時，不知下段是什麼；到寫得無可再寫時，就自然終止。這種習慣養成時，「不假思索」而任筆寫下去，寫得不知所云，也是難免的事。文章「不通」，大半是這樣來的。這種寫法很普遍，學生們在國文課堂裡作文，不用這個寫法的似居少數。不但一般學生如此，就是有名的職業作家替報章雜誌寫「連載」的稿子，往往也是用這個「急就」的辦法。這一期的稿子印出來了，下一期的稿子還在未定之天。有些作家甚至連寫都不寫，只坐在一個沙發上隨想隨念，一個書記或打字員在旁邊聽著，隨聽隨錄，錄完一個段落了就送出發表。這樣做成的作品，就整個輪廓看，總難免前後欠呼應，結構很零亂。近代英美長篇小說有許多是這樣做成的，所以大半沒有連串的故事，也沒有完整的形式。作家們甚至把「無形式」（formlessness）當作一個藝術的信條，以爲藝術原本就應該如此。這恐怕是藝術的一個厄運，有生命的東西都有一定完整的形式，首尾軀幹不完全或是不勻稱，那便成了一種怪物，而不是藝術。

這是一個極端，另一個極端是把全部作品都在心裡想好，寫只是記錄，像克羅齊派美學家所主張的。蘇東坡記文與可畫竹，說他先有「成竹在胸」，然後鋪紙濡毫，一揮而就。「成竹在胸」於是成為「腹稿」的佳話。這種辦法似乎是理想的，實際上很不易做到。我自己也嘗試過，只有在極短的篇幅中，像做一首絕句或律詩，我還可以把全篇完全在心裡想好；如篇幅長了那就很難。它有種種不方便。第一，我們的注意力和記憶力所能及的範圍有一定的限度，把幾千字甚至幾萬字的文章都一字一句地記在心裡，同時注意到每字每句每段的線索關聯，並且還要一直向前思索，縱假定是可能，這種繁重的工作對於心力也未免是一種不必要的損耗。其次，這也許是我個人的心理習慣，我想到一點意思，就必須把它寫下來，否則那意思在心裡只是游離不定。好比打仗，想出一個意思是奪取一塊土地，把它寫下來就像築一座堡壘，可以把它守住，並且可以作進一步襲擊的基礎。第三，寫自身是一個集中注意力的助力，既在寫，心思就不易旁遷他涉。還不僅此，寫成的字句往往可以成為思想的刺激劑。我有時本來已把一段話預先想好，可是把它寫下來時，新的意思常源源而來，結果須把預定的一段話完全改過。普遍所謂「由文生情」與「興會淋漓」，大半在這種時機發現。只有在這種時機，我們才容易寫出好文章。

我個人所採用的是全用腹稿和全不用腹稿兩極端的一種折衷辦法。在定了題目之

後，我取一張紙條擺在面前，抱著那題目四方八面地想。想時全憑心理學家所謂「自由聯想」，不拘大小，不問次序，想得一點意思，用用三五個字的小標題寫在紙條上，如此一直想下去，一直記下去，到當時所能想到的意思都記下來了爲止。這種尋思的工作做完了，我於是把雜亂無章的小標題看一眼，仔細加一番衡量，把無關重要的無須說的各點一齊丟開，把應該說的選擇出來，再在其中理出一個線索和次第，另取一張紙條，順這個線索和次第用小標題寫成一個綱要。這綱要寫好了，文章的輪廓已具。每小標題成爲一段的總綱。於是我依次第逐段寫下去。寫一段之先，把那一段的話大致想好，寫一句之先，也把那一句的話大致想好。這樣寫下去時，像上面所說的，有時有新意思湧現，我馬上就修改。一段還沒有寫妥時，我絕不把它暫時擺下，繼續寫下去。因此，我往往在半途廢去了很多稿子，但是一篇寫完了，我無須再謄清，也無須大修改。這種折衷的辦法頗有好處，一則綱要先想好，文章就有層次，有條理，有輕重安排，總之，就有形式；二則每段不預先決定，任臨時觸機，寫時可以有意到筆隨之樂，文章也不至於過分板滯。許多畫家作畫，似亦採取這種辦法。他們先畫一個大輪廓，然後逐漸塡枝補葉，顯出色調線紋陰陽向背。預定輪廓之中，仍可有氣韻生動。

尋思是作文的第一步重要工作，思有思路，思路有暢通時也有蔽塞時，大約要思路暢通，須是精力瀰滿，腦筋清醒，再加上風日清和，窗明几淨，臨時沒有外擾敗興，雜念縈懷。這時候靜坐凝思，新意自會像泉水湧現，一新意釀成另一新意；如果輾轉生發，寫作便成爲人生一件最大的樂事。一般「興會淋漓」的文章大半都是如此做成。提筆作文時最好能選擇這種境界，並且最好能製造這種境界。不過這是理想，有時這種境界不容易得到，有時雖然條件具備，文思仍然蔽塞。在蔽塞時，我們是否就應放下呢？抽象的理念姑且丟開，只就許多著名的作家的經驗來看，苦思也有苦思的收穫。唐人有「吟成一個字，撚斷數莖鬚」的傳說，李白譏誚杜甫說：「借問近來太瘦生，總爲從來作詩苦」，李長吉的母親說「嘔出心肝乃已」。福樓拜有一封信札，寫他著書的艱難說：「我今天弄得頭昏腦暈，灰心喪氣。我做了四個鐘頭，沒有做出一句來。今天整天沒有寫成一行，雖然塗去了一百行。這工作眞難！藝術啊！你是什麼惡魔？爲什麼要這樣咀嚼我們的心血？」但是他們的成就未始不從這種艱苦奮鬥得來。元遺山與張仲傑論文詩說：「文章出苦心，誰以苦心爲？」大作家看重「苦心」，於此可見。就我個人所能看得到的來說，苦心從不會白費的，思路太暢時，我們信筆直書，少控制，常易流於浮滑；苦思才能撥蠶抽絲，鞭辟入裡，處處從深一層著想，才能沈著委婉，此其一。苦思在當時或許無所得，但是在潛意識中它的工作仍在醞釀，到成熟時可以「一旦豁然貫通」，普通所謂「靈感」大半都先經苦思的準備，到了適當時機便突然湧現，此其二。難關可以打通，平路便可馳騁自如。苦思是打破難關的努力，經過一番苦思的訓練之後，手腕便逐漸嫻熟，思路便不易落平凡，縱遇極難駕馭的情境也可以手揮目送，行所無事，此其三。大抵文章的暢適境界有兩種，有生來即暢適者，有經過艱苦經營而後暢適者。就已成功的作品看，好像都很平易，其實這中間分別很大，入手即平易者難免膚淺，由困難中獲得平易者大半深刻耐人尋味，這是鉛錫與百煉精鋼的分別，也是袁簡齋與陶淵明的分別。王介甫所說的「看似尋常最奇倔，成如容易卻艱辛」，是文章的勝境。

作文運思有如抽絲，在一團亂絲中揀取一個絲頭，要把它從錯雜糾紛的關係中抽出，有時一抽即出，有時須繞彎穿孔解結，沒有耐心就會使紊亂的更加紊亂。運思又如射箭，目前懸有鵠的，箭朝著鵠的發，有時一發即中，也有因為瞄準不正確，用力不適中，箭落在離鵠的很遠的地方，習射者須不惜努力嘗試，多發總有一中。

這譬喻不但說明思路有暢通和艱澀的分別，還可說明一個意思的湧現，固然大半憑人力，也有時須碰機會。普通所謂「靈感」，雖然源於潛意識的醞釀，多少也含有機會的成分。大約文藝創作的起念不外兩種。一種是本來無意要為文，適逢心中偶然有所感觸，一種情境或思致，覺得值得寫一寫，於是就援筆把它寫下來。另一種是預定題目，立意要做一篇文章，於是抱著那題目想，想成熟了然後把它寫下。從前人寫舊詩標題常用「偶成」和「賦得」的字樣，「偶成」者觸興而發，隨時口占，「賦得」者定題分韻，拈得一字，就用它為韻作詩。我們可以借用這個術語，把文學作品分為「偶成」和「賦得」兩類。「偶成」的作品全憑作者自己高興，逼他寫作的只有情思需要表現的一個內心衝動，不假外力。「賦得」的作品大半起於外力的催促，或是要滿足一種實用的需要，如宣傳、應酬、求名謀利、練習技巧之類。按理說，只有「偶成」作品才符合純文學的理想，但是在事實上現存的文學作品大半屬於「賦得」的一類，細看任何大家的詩文集就可以知道。「賦得」類也自有好文章，不但應酬唱和詩有好的，就是策論、奏疏、墓誌銘之類也未可一概抹煞。一般作家在練習寫作時期常是做「賦得」的工作。「賦得」是一種訓練，「偶成」是一種收穫。一個作家如果沒有經過「賦得」的階段，「偶成」的機會不一定有，縱有也不會多。

「賦得」所訓練的不僅是技巧，尤其是思想。一般人誤信文學與科學不同，無須邏輯的思考。其實文學只有邏輯的思考固然不夠，沒有邏輯的思考卻也絕不行。詩人柯爾律治在他的《文學傳記》裡眷念一位無名的老師，因爲從這老師的教誨，他才深深地了解極放縱的詩還是有它的邏輯。我常覺得，每一個大作家必同時是他自己的嚴厲的批評者。所謂「批評」就要根據邏輯的思想和文學的修養。一件作品如果有毛病——無論是在命意布局或是在造句用字——仔細窮究，病源都在思想。思想不清楚的人做出來的文章絕不會清楚。思想的毛病除了精神失常以外，都起於懶惰，遇著應該分析時不仔細分析，應該斟酌時不仔細斟酌，只圖模糊敷衍，囫圇吞棗混將過去。練習寫作第一件要事就是克服這種心理的懶怠，隨時徹底認眞，一字不苟，肯朝深處想，肯向難處做。如果他養成了這種謹嚴的思想習慣，始終不懈，他絕不會做不出好的文章。

選擇與安排

在作文運思時，最重要而且最艱苦的工作不在搜尋材料，而在有了材料之後，將它們加以選擇與安排，這就等於說，給它們一個完整有生命的形式。材料只是生糙的鋼鐵，選擇與安排才顯出藝術的錘煉刻劃。就生糙的材料說，世間可想到可說出的話在大體上都已經從前人想過說過；然而後來人卻不能因此就不去想不去說，因爲每個人有他的特殊的生活情境與經驗，所想所說的雖大體上仍是那樣的話，而想與說的方式卻各不相同。變遷了形式，就變遷了內容。所以他所想所說儘管在表面上是老生常談，而實際上卻可以是一種新鮮的作品，如果選擇與安排給了它一個新的形式，新的生命。「裊裊兮秋風，洞庭波兮木葉下」，在大體上和「菡萏香銷翠葉殘，西風愁起綠波間」表現同樣的情致，而各有各的佳妙處，所以我們不能說後者對於前者是重複或是抄襲。莎士比亞寫過夏洛克以後，許多作家接著寫過同樣典型的守財奴（莫里哀的阿爾巴貢和巴爾扎克的葛朗台是著例），也還是一樣入情入理。材料儘管大致相同，每個作家有他的不同的選擇與安排，這就是說，有他的獨到的藝術手腕，所以仍可以有他的特殊的藝術成就。

最好的文章，像英國小說家斯威夫特所說的，須用「最好的字句在最好的層次」。找最好的字句要靠選擇，找最好的層次要靠安排。其實這兩樁工作在人生各方面都很重要，立身處世到處都用得著，一切成功和失敗的樞紐都在此。在戰爭中我常注意用兵，覺得它和作文的訣竅完全相同。善將兵的人都知道兵在精不在多。精兵一人可以抵得許多人用，疲癃殘疾的和沒有訓練、沒有紀律的兵愈多愈不易調動，反而成為累贅或障礙。一篇文章中每一個意思或字句就是一個兵，你在調用之前，須加一番檢閱，不能作戰的，須一律淘汰，只留下精銳，讓他們各站各的崗位，各發揮各的效能。排定崗定就是擺陣勢，在文章上叫做「布局」。在調兵布陣時，步、騎、炮、工、輜須有聯絡照顧，將、校、尉、士、卒須按部就班，全戰線的中堅與側翼，前鋒與後備，尤須有條不紊。雖是精銳，如果擺布不周密，紀律不嚴明，那也就成為烏合之衆，打不來勝仗。文章的布局也就是一種陣勢，每一段就是一個隊伍，擺在最得力的地位才可以發生最大的效用。

文章的通病總不外兩種，不知選擇和不知安排。第一步是選擇。斯蒂文森說：文學是「裁剪的藝術」。裁剪就是選擇的消極方面。有選擇就必有排棄，有割愛。在興酣采烈時，我們往往覺得自己所想到的意思樣樣都好，尤其是費過苦心得來的，要把它一筆勾銷，似未免可惜。所以割愛是大難事，它需要客觀的冷靜，尤其需要謹嚴的自我批評。不知選擇大半由於思想的懶惰和虛榮心所生的錯覺。遇到一個題目來，不肯朝深一層想，只浮光掠影地湊合一些實在是膚淺陳腐而自以爲新奇的意思，就把它們和盤托出。我常看大學生的論文，把一個題目所有的話都一五一十地說出來，每一點都約略提及，可是沒有一點說得透徹，甚至前後重複或自相矛盾。如果有幾個人同做一個題目，說的話和那話說出來的形式都大半彼此相同，看起來只覺得「天下老鴉一般黑」。這種文章如何能說服讀者或感動讀者？這裡我們可以再就用兵打比譬，用兵致勝的要訣在佔領要塞，擊破主力。要塞既下，主力既破，其餘一切就望風披靡，不攻自下。古人所以有「射人先射馬，擒賊先擒王」的說法。如果虛耗兵力於無戰略性的地點，等到自己的實力消耗盡了，敵人的要塞和主力還屹然未動，那還能希望打什麼勝仗？做文章不能切中要害，錯誤正與此相同。在藝術和在自然一樣，最有效的方式常是最經濟的方式，浪費不僅是虧損而且也是傷害。與其用有限的力量於十件事上而不能把任何一件事做得好，不如以同樣的力量集中在一件事上，把它做得斬釘截鐵。做文章也是如此。世間沒有說得完的話，你想把它說完，只見得你愚蠢；你沒有理由可說人人都說的話，除非你比旁人說得好，而這卻不是把所有的話都說完所能辦到的。每篇文章必有一個主旨，你須把著重點完全擺在這主旨上，在這上面鞭辟入裡，烘染盡致，使你所寫的事理情態成一個世界，突出於其他一切世界之上，像浮雕突出於石面一樣。讀者看到，馬上就可以得到一個強有力的印象，不由得他不受說服和感動。這就是選擇，這就是攻堅破銳。

我們最好拿戲劇、小說來說明選擇的道理。戲劇和小說都描寫人和事。人和事的錯綜關係向來極繁複，一個人和許多人有因緣，一件事和許多事有聯絡，如果把這種關係輾轉追溯下去，可以推演到無窮。一部戲劇或小說只在這無窮的人事關係中割出一個片段來，使它成爲一個獨立自足的世界，許多在其他方面雖有關係而在所寫的一方面無大關係的事事物物，都須斬斷撇開。我們在談劫生辰綱的梁山泊好漢，生辰綱所要送到的那個豪貴場合也許値得描寫，而我們卻不能去管。誰不想知道哈姆雷特在威登堡的留學生活，但是我們現在只談他的家庭悲劇，時間和空間的限制都不許我們搬到威登堡去看一看。再就劃定的小範圍來說，一部小說或戲劇須取一個主要角色或主要故事做中心，其餘的人物故事穿插，須能烘托這主角的性格或理淸這主要故事的線索，適可而止，多插一個人或一件事就顯得臃腫繁蕪。再就一個角色或一個故事的細節來說，那是數不盡的，你必須有選擇，而選擇某一個細節，必須有它典型性，選了它其餘無數細節就都可不言而喩。慳吝人到處慳吝，吳敬梓在《儒林外史》裡寫嚴監生只挑選他臨死時看見油燈裡有兩莖燈芯不閉眼一事。《紅樓夢》對於妙玉着筆墨最少，而她那一副既冷僻而又不忘情的心理卻令我們一見不忘。劉姥姥吃過的茶杯她叫人擲去，卻將自己用的綠玉斗斟茶給寶玉；寶玉做壽，衆姊妹鬧得歡天喜地，她一人枯坐參禪，卻暗地遞一張粉紅箋的賀帖。寥寥數筆，把一個性格，一種情境，寫得活靈活現。在這些地方多加玩索，我們就可悟出選擇的道理。

選擇之外，第二件要事就是安排，就是擺陣勢。兵家有所謂「常山蛇陣」，它的特點是「擊首則尾應，擊尾則首應，擊腹則首尾俱應」。亞理斯多德在《詩學》裡論戲劇結構說它要完整，於是替「完整」一詞下了一個貌似平凡而實精深的定義：「我所謂完整是指一件事物有頭，有中段，有尾。頭無須有任何事物在前面籠蓋著，而後面卻必須有事物承接著。中段要前面既有事物籠蓋著，後面又有事物承接著。尾須有事物在前面籠蓋著，卻不須有事物在後面承接著。」這與「常山蛇陣」的定義其實是一樣。用近代語言來說，一個藝術品必須爲完整的有機體，必須是一件有生命的東西。有生命的東西第一須有頭有尾有中段，第二是頭尾和中段各在必然的地位，第三是有一股生氣貫注於全體，某一部分受影響，其餘各部分不能痲木不仁。一個好的陣形應如此，一篇好的文章布局也應如此。一段話如果丟去仍於全文無害，那段話就是贅疣；一段話如果搬動位置仍於全文無害，那篇文章的布局就欠斟酌。布局愈鬆懈，文章的活力就愈薄弱。

從前中國文人講文章義法，常把布局當作呆板的形式來談，例如全篇局勢須有起承轉合，脈絡須有起伏呼應，聲調須有抑揚頓挫，命意須有正反側，如作字畫，有陰陽向背。這些話固然也有它們的道理，不過它們是由分析作品得來的，離開作品而空談義法，就不免等於紙上談兵。我們想懂得布局的訣竅，最好是自己分析完美的作品；同時，自己在寫作時，多費苦心衡量斟酌。最好的分析材料是西方戲劇傑作，因爲它們的結構通常都極嚴密。習作戲劇也是學布局的最好方法，因爲戲劇須把動作表現於有限時間與有限空間之中，如果起伏呼應不緊湊，就不能集中觀衆的興趣，產生緊張的情緒。我國史部要籍如《左傳》、《史記》之類在布局上大半也特別講究，值得細心體會。一篇完美的作品，如果細細分析，在結構上必具備下面的兩個要件：

第一是層次清楚。文學像德國學者萊辛所說的，因爲用在時間上承續的語文爲媒介，是沿著一條線綿延下去。如果同時有許多事態線索，我們不能把它們同時擺在一個平面上，如同圖畫上許多事物平列並存；我們必須把它們在時間上分先後，說完一點，再接著說另一點，如此生發下去。這許多要說的話，誰說在先，誰說在後，須有一個層次。層次清楚，才有上文所說的頭尾和中段。文章起頭最難，因爲起頭是選定出發點，以後層出不窮的意思都由這出發點順次生發出來，如幼芽生發出根幹枝葉。文章有生發才能成爲完整的有機體。所謂「生發」是上文意思生發下文意思，上文有所生發，下文才有所承接。文章的「不通」有多種，最厲害的是上氣不接下氣，上段上句的意思沒有交代清楚就擱起，下段下句的意思沒有伏根就突然出現。順著意思的自然生發脈絡必有銜接，不致有脫節斷氣的毛病，而且意思可以融貫，不致有前後矛盾的毛病。打自己耳光，是文章最大的弱點。章實齋在韓退之〈送孟東野序〉裡挑出過一個很好的例。上文說「凡物不得其平則鳴」，下文接著說「伊尹鳴商，周公鳴周」，伊尹、周公並非不得其平。這是自相矛盾，下文意思不是從上文意思很邏輯地生發出來。意思互相生發，就能互相呼應，也就能以類相聚，不相雜亂。雜亂有兩種：一是應該在前一段說的話遺漏著不說，到後來一段不很相稱的地方勉強插進去；一是在上文已說過的話到下文再重複說一遍。這些毛病的根由都在思想疏懈。思想如果謹嚴，條理自然縝密。

第二是輕重分明。文章不僅要分層次，尤其要分輕重。輕重猶如圖畫的陰陽光影，一則可以避免單調，起抑揚頓挫之致；二則輕重相形，重者愈顯得重，可以產生較強烈的效果。一部戲劇或小說的人物和故事如果不分賓主，羣龍無首，必定顯得零亂蕪雜。一篇說理文如果有五六層意思都平舖並重，它一定平滑無力，不能說服讀者。藝術的特徵是完整，完與整是相因的，整一才能完美。在許多意思並存時，想產生整一的印象，它們必須輕重分明。文章無論長短，一篇須有一篇的主旨，一段須有一段的主旨。主旨是綱，由主旨生發出來的意思是目。綱必須能領目，目必須附麗於綱，尊卑就序，然後全體自能整一。「譬如北辰居其所而衆星拱之」。一篇文章的主旨應有這種氣象，衆星也要分大小遠近。主旨是著重點，有如照相投影的焦點，其餘所有意思都附在周圍，漸遠漸淡。在文章中顯出輕重通常不外兩種辦法：第一是在層次上顯出。同是一個意思，擺的地位不同，所生的效果也就不同，不過我們不能指定某一地位是天然的著重點。起頭有時可以成爲著重點，因爲它籠蓋全篇，對讀者可以生「先入爲主」的效果；收尾通常不能不著重，虎頭蛇尾是文章的大忌諱，作家往往一層深一層地掘下去，不斷地引起讀者的好奇心，使他不能不讀到終了，到終了主旨才見分曉，故事才告結束，謎語才露謎底。中段承上啓下，也可以成爲著重點，戲劇的頂點大半落在中段，可以爲證。一個地位能否成爲著重點，全看作者渲染烘托的技巧如何，我們不能定出法則，但是可以從分析名著（尤其是敘事文）中探得幾分消息。其次輕重可以在篇幅分量上顯出。就普遍情形說，意思重要，篇幅應占多；意思不重要，篇幅應占少。這不僅是爲著題旨醒豁，也是要在比例勻稱上顯出一點波瀾節奏，如同圖畫上的陰陽。輕重倒置在任何藝術作品中都是毛病。不過這也不能一概而論，名手立論或敘事，往往在四面渲染烘托，到了主旨所在，有如畫龍點睛反而輕描淡寫地掠過去，不多著筆墨。

從上面的話看來，我們可以知道文章有一定的理，沒有一定的法。所以我們只略談原理，不像一般文法修辭書籍，在義法上多加剖析。「大匠能誨人以規矩，不能使人巧。」知道文章作法，不一定就做出好文章。藝術的基本原則是寓變化於整齊，整齊易說，變化則全靠心靈的妙運，這是所謂「神而明之，存乎其人」了。

咬文嚼字

郭沫若先生的劇本《屈原》裡嬋娟罵宋玉說：「你是沒有骨氣的文人！」上演時他自己在台下聽，嫌這話不夠味，想在「沒有骨氣的」下面加「無恥的」三個字。一位演員提醒他把「是」改爲「這」，「你這沒有骨氣的文人！」就夠味了。他覺得這字改得很恰當，他研究這兩種語法的强弱不同，以爲「你是什麼」只是單純的敘述語，沒有更多的意義，有時或許竟會「不是」；「你這什麼」便是堅決的判斷，而且附帶語省略去了。根據這種見解，他把另一文裡「你有革命家的風度」一句話改爲「你這革命家的風度」（參見《文學創作》第四期郭沫若〈札記四則〉）。

這是煉字的好例。我們不妨藉此把煉字的道理研究一番。那位演員把「是」改爲「這」，確是改得好，不過郭先生如果記得《水滸》，就會明白一般民眾罵人，都用「你這什麼」式語法。石秀罵梁中書說：「你這與奴才做奴才的奴才！」楊雄醉罵潘巧雲說：「你這賤人，你這淫婦！你這你這大蟲口裡流涎！你這你這……」一口氣就罵了六個「你這」。看這些實例，「你這什麼！」倒不僅是「堅決的判斷」，而是帶有極端憎惡的驚嘆語，表現著强烈的情感。「你是什麼」便只是不帶情感的判斷，縱有情感也不能在文字本身上見出。不過它也不一定就是「單純的叙述語，沒有更多的含義」。《紅樓夢》裡茗煙罵金榮說：「你是個好小子，出來動一動你茗大爺！」這裡「你是」含有假定語氣，也帶「你不是」一點譏刺的意味，如果改成「你這好小子！」神情就完全不對了。從此可知「你這」式語法並非在任何情形之下都比「你是」式語法來得更有力。其次，郭先生援例把「你有革命家的風度」改爲「你這革命家的風度」，似乎改得並不很妥。一、「你這」式語法大半表示深惡痛嫉，在讚美時便不適宜。二、「是」在邏輯上是聯接詞（copula），相當於等號；「有」的性質全不同。在「你有革命家的風度」一句中「風度」是動詞的賓詞；在「你這革命家的風度」中「風度」便變成主詞，和「你（的）」平行根本不成一句話。

這番話不免囉嗦，但是我們原在咬文嚼字，非這樣錙銖必較不可。咬文嚼字有時是一個壞習慣，所以這個成語的涵義通常不很好。但是在文學，無論閱讀或寫作，我們必須有一字不肯放鬆的謹嚴。文學藉文字表現思想情感；文字上面有含糊，就顯得思想還沒有透徹，情感還沒有凝煉。咬文嚼字，在表面上像只是斟酌文字的分量，在實際上就是調整思想和情感。從來沒有一句話換一個說法而意味仍完全不變。例如《史記》李廣射虎一段：「李廣見草中石，以爲虎而射之，中石沒鏃，視之，石也。因更復射，終不能入石矣。」這本是一段好文章，王若虛在《史記辨惑》裡說它「凡多三石字」，當改爲「以爲虎而射之，沒鏃，既知其爲石，因更復射，終不能入。」或改爲「嘗見草中有虎，射之，沒鏃。視之，石也。」在表面上改的似乎簡潔些，卻實在遠不如原文。「見草中石，以爲虎」並非「見草中有虎」。原文「視之，石也」有發現錯誤而驚訝的意味。改爲「既知其爲石」便失去這意味。原文「終不能復入石矣」有失望而放棄得很斬截的意味，改爲「終不能入」便覺索然無味，這種分別稍有文字敏感的人細心玩索一番，自會明白。

一般人根本不了解文字和思想情感的密切關係，以爲更改一兩個字不過是要文字順暢些或是漂亮些。其實更動了文字，就同時更動了思想情感，內容和形式是相隨而變的。姑舉一個人人皆知的實例。韓愈在月夜裡聽見賈島吟詩，有「鳥宿池邊樹，僧推月下門」兩句，勸他把「推」字改爲「敲」字。這段文字因緣古今傳爲美談，於今人要把咬文嚼字的意思說得好聽一點，都說「推敲」。古今人也都讚賞「敲」字比「推」字下得好。其實這不僅是文字上的分別，同時也是意境上的分別。「推」固然顯得魯莽一點，但是它表示孤僧步月歸寺，門原來是他自己掩的，於今他「推」。他須自掩自推，足見寺裡只有他孤零零的一個和尚。在這冷寂的場合，他有興致出來步月，興盡而返，獨往獨來，自在無礙，他也自有一副胸襟氣度。「敲」就顯得他拘禮些，也就顯得寺裡有人應門。他彷彿是乘月夜訪友，他自己不甘寂寞，那寺裡如果不是熱鬧場合，至少也有一些溫暖的人情。比較起來，「敲」的空氣沒有「推」的那麼冷寂。就上句「鳥宿池邊樹」看來，「推」似乎比「敲」要調和些。「推」可以無聲，「敲」就不免剝啄有聲，驚起了宿鳥，打破了岑寂，也似乎頻添了攪擾。所以我很懷疑韓愈的修改是否眞如古今所稱賞的那麼妥當。究竟哪一種意境是賈島當時在心裡玩索而要表現的，只有他自己知道。如果他想到「推」而下「敲」字，或是想到「敲」而下「推」字，我認爲那是不可能的事。所以問題不在「推」字和「敲」字哪一個比較恰當，而在哪一種境界是他當時所要說的而且與全詩調和的。在文字上推敲，骨子裡實在是在思想情感上「推敲」。

無論是閱讀或寫作，字的難處在意義的確定與控制。字有直指的意義，有聯想的意義。比如說「煙」，它的直指的意義見過燃燒體冒煙的人都會明白，只是他的聯想意義迷離不易捉摸，它可聯想到燃燒彈，鴉片煙榻，廟裡焚香，「一川煙水」，「揚柳萬條煙」，「煙光凝而暮山紫」，「藍田日暖玉生煙」……種種境界。直指的意義載在字典，有如月輪，明顯而確實；聯想的意義是文字在歷史過程上所累積的種種關係，有如輪外圓暈，暈外霞光，其濃淡大小隨人隨時隨地而各各不同，變化莫測。科學的文字愈限於直指的意義就愈精確，文學的文字有時卻必須顧到聯想的意義，尤其是在詩方面。直指的意義易用，聯想的意義卻難用，因爲前者是固定的，後者是游離的；前者偏於類型，後者偏於個性。既是游離的，個別的，它就不易控制，而且它可以使意蘊豐富，也可以使意思含糊甚至於支離。比如說蘇東坡的〈惠山烹小龍團〉詩裡三四兩句「獨攜天上小團月，來試人間第二泉」，「天上小團月」是由「小龍團」茶聯想起來的，如果你不知道這個關聯，原文就簡直不通；如果你不了解明月照著泉水和清茶泡在泉水裡那一點共同的清沁肺腑的意味，也就失去原文的妙處。這兩句詩的妙處就在不即不離若隱若現之中。它比用「惠山泉水泡小龍團茶」一句話來得較豐富，也來得較含混有蘊藉。難處就在於含混中顯得豐富。由「獨攜小龍團，來試惠山泉」變成「獨攜天上小團月，來試人間第二泉」，這是點鐵成金。文學之所以爲文學就在這一點生發上面。

這是一個善用聯想意義的例子。聯想意義也最易誤用而生流弊。聯想起於習慣，習慣老是歡喜走熟路。熟路抵抗力最低，引誘性最大，一人走過，人人就都跟著走，愈走就愈平滑俗濫，沒有一點新奇的意味。字被人用得太濫，也是如此。從前作詩文的人都依靠《文料觸機》、《幼學瓊林》、《事類統編》之類書籍，要找詞藻典故，都到那裡去乞靈。美人都是「柳腰桃面」，「王嬙、西施」，才子都是「學富五車，才高八斗」；談風景必是「春花秋月」，敍離別不離「柳岸灞橋」；做買賣都有「端木遺風」，到現在用鉛字排印書籍還是「付梓」、「殺青」。像這樣例子舉不勝舉，它們是從前人所謂「套語」，我們所謂「濫調」。一件事物發生時立即使你聯想到一些套語濫調，而你也就安於套語濫調，毫不斟酌地使用它們，並且自鳴得意。這就是近代文藝心理學家們所說的「套板反應」（stock response）。一個人的心理習慣如果老是傾向「套板反應」，他就根本與文藝無緣，因爲就作者說，「套板反應」和創造的動機是仇敵；就讀者說，它引不起新鮮而眞切的情趣。一個作者在用字用詞上面離不掉「套板反應」，在運思布局上面，甚至於在整個人生態度方面也就難免如此。不過習慣力量的深廣非我們意料所及，沿著習慣去做，總比新創較省力，人生來有惰性，常使我們不知不覺地一滑就滑到「套板反應」裡去。你如果隨便在報章雜誌或是尺牘宣言裡面挑一段文章來分析，你就會發現那裡面的思想情感和語言大半都由「套板反應」起來的。韓愈談他自己作古文，「惟陳言之務去」。這是一句最緊要的教訓。語言跟著思想情感走，你不肯用俗濫的語言，自然也就不肯用俗濫的思想情感，你遇事就會朝深一層去想，你的文章也就眞正是「作」出來的，不至落入下乘。

以上只是隨便舉幾個實例，說明咬文嚼字的道理。例子舉不盡，道理也說不完。我希望讀者從這粗枝大葉的討論中，可以領略運用文字所應有的謹嚴精神，本著這個精神，他隨處留心玩索，無論是閱讀或寫作，就會逐漸養成創作和欣賞都必需的好習慣。他不能懶，不能粗心，不能受一時興會所生的幻覺迷惑而輕易自滿。文學是艱苦的事，只有刻苦自勉，推陳翻新，時時求思想情感與語文的精煉與吻合，他才會逐漸達到藝術的完美。

散文的聲音節奏

咬文嚼字應從意義和聲音兩方面著眼。上篇我們只談推敲字義，沒有提到聲音。聲音與意義本不能强分，有時意義在聲音上見出還比在習慣的聯想上見出更微妙，所以有人認爲研究聲音是行文的最重要的功夫。我們把這問題特別另作專篇來討論，也就因爲這個緣故。我們把詩除外，因爲詩要講音律，是人人都知道的，而且從前人在這方面已經說過很多的話。至於散文的聲音節奏在西方雖有語音學專家研究，在我國還很少有人注意。一般人談話寫文章（尤其是寫語體文），都咕咕嘍嘍地滾將下去，管他什麼聲音節奏！

從前人作古文，對聲音節奏卻也講究。朱子說：「韓退之、蘇明允作文，敝一生之精力，皆從古人聲響處學。」韓退之自己也說：「氣盛則言之短長，聲之高下，皆宜。」清朝桐城派文家學古文，特重朗誦，用意就在揣摩聲音節奏。劉海峯談文，說：「學者求神氣而得之音節，求音節而得之字句，思過半矣。」姚姬傳甚至謂：

「文章之精妙不出字句聲色之間，捨此便無可窺尋。」此外古人推重聲音的話還很多，引不勝引。

聲音對於古文的重要可以從幾個實例中看出。

范文正公作〈嚴先生祠堂記〉，收尾四句歌是：「雲山蒼蒼，江水泱泱，先生之德，山高水長。」他的朋友李太伯看見，就告訴他：「公此文一出名世，只一字未妥。」他問何字，李太伯說：「先生之德不如改先生之風。」他聽了很高興，就依著改了。「德」字與「風」字在意義上固然不同，最重要的分別還在聲音上面。「德」字仄聲音啞，沒有「風」字那麼沈重響亮。

相傳歐陽公作〈晝錦堂記〉已經把稿子交給來求的人，而那人回去已經走得很遠了，猛然想到開頭兩句「仕宦至將相，錦衣歸故鄉」，應加上兩個「而」字，改為「仕宦而至將相，錦衣而歸故鄉」，立刻就派人騎快馬去追趕，好把那兩個「而」字加上。我們如果把原句和改句朗誦來比較看，就會明白這兩個「而」字關係確實重大。原句氣偪促，改句便很舒暢；原句意直率，改句便有抑揚頓挫。從這個實例看，我們也可以知道音與意不能強分，更動了聲音就連帶地更動了意義。「仕宦而至將相」比「仕宦至將相」意思多一個轉折，要深一層。

古文難於用虛字，最重要的虛字不外承轉詞（如上字「而」字），肯否助詞（如「視之，石也」的「也」字），以及驚嘆疑問詞（如「獨吾君也乎哉？」句尾三虛字）幾大類。普通說話聲音所表現的神情也就在承轉、肯否、驚嘆、疑問等地方見出，所以古文講究聲音，特別在虛字上做工夫。《孔子家語》往往抄襲〈檀弓〉而省略虛字，神情便比原文差得遠。例如「仲子亦猶行古人之道」（《孔子家語》），「予惡夫涕之無從也」（〈檀弓〉）比「仲子亦猶行古之道也」（〈檀弓〉）比「予惡夫涕而無以將之」（《孔子家語》），「夫子爲弗聞也者而過之」（〈檀弓〉）比「夫子爲之隱佯不聞以過之」（《孔子家語》），風味都較雋永。柳子厚〈鈷鉧潭記〉收尾「於以見天之高，氣之迥，孰使予樂居夷而忘故土者，非茲潭也歟？」如果省去兩個「之」字爲「天高氣迥」，省去「也」字爲「非茲潭歟？」風味也就不如原文。

古文講究聲音，原不完全在虛字上面，但虛字最爲緊要。此外段落的起伏開合，句的長短，字的平仄，文的駢散，都與聲音有關。這須拿整篇文章來分析，才說得明白，不是本文篇幅所許可的。從前文學批評家常用「氣勢」、「神韻」、「骨力」、「姿態」等詞，看來好像有些弄玄虛，其實他們所指的只是種種不同的聲音節奏，聲音節奏在科學文裡可不深究，在文學文裡卻是一個最主要的成分，因爲文學須表現情趣，而情趣就大半要靠聲音節奏來表現，猶如在說話時，情感表現於文字意義的少，表現於語言腔調的多，是一個道理。從前人研究古文，特別著重朗誦。姚姬傳說：「大抵學古文者必要放聲疾讀，又緩讀，只久之自悟。若但能默看，即終身作外行也。」讀有讀的道理，就是從字句中抓住聲音節奏，從聲音節奏中抓住作者的情趣、

「氣勢」或「神韻」。自己作文，也要常拿來讀讀，才見出聲音是否響亮，節奏是否流暢。

領悟文字的聲音節奏，是一件極有趣的事。普通人以爲這要耳朶靈敏，因爲聲音要用耳朶聽才生感覺。就我個人的經驗來說，耳朶固然要緊，但是還不如周身筋肉。我讀音調鏗鏘、節奏流暢的文章，周身筋肉彷彿作同樣有節奏的運動；緊張，或是舒緩，都產生出極愉快的感覺。如果音調節奏上有毛病，我的周身筋肉都感覺侷促不安，好像聽廚子刮鍋煙似的。我自己在作文時，如果碰上興會，筋肉方面也彷彿在奏樂，在跑馬，在蕩舟，想停也停不住。如果意興不佳，思路枯澀，這種內在的筋肉節奏就不存在，儘管費力寫，寫出來的文章總是吱咯吱咯的，像沒有調好的弦子。我因此深信聲音節奏對於文章是第一件要事。

我們放棄了古文來作語體文，是否還應該講聲音節奏呢？維護古文的人認爲語體文沒有音調，不能拉著嗓子讀，於是就認爲這是語體文的一個罪狀。做語體文的人往往回答說：文章原來只是讓人看的，不是讓人唱的，根本就用不著什麼音調。我看這兩方面的話都不很妥當。既然是文章，無論古今中外，都離不掉聲音節奏。古文和語體文的不同，不在聲音節奏的有無，而在聲音節奏形式化的程度大小。古文的聲音節奏多少是偏於形式的，你讀任何文章，大致都可以拖著差不多的調子。古文能夠拉著嗓子讀，原因也就在它總有個形式化的典型，猶如歌有樂譜，固然每篇好文章於根據這個典型以外還自有個性。語體文的聲音節奏就是日常語言的，自然流露，不主故常。我們不能拉著嗓子讀語體文，正如我們不能拉著嗓子談話一樣。但是語體文必須念著順口，像談話一樣，可以在長短、輕重、緩急上面顯出情感思想的變化和生展。古文好比京戲，語體文好比話劇。它們的分別是理想與寫實，形式化與自然流露的分別。如果講究得好，我相信語體文比古文的聲音節奏應該更生動，更有味。

不拘形式，純任自然，這是語體文聲音節奏的特別優點。因此，古文的聲音節奏容易分析，語體文的聲音節奏卻不易分析。劉海峯所說的：「無一定之律，而有一定之妙」，用在語體文比用在古文上面還更恰當。我因爲要舉例說明語體文的聲音節奏，拿《紅樓夢》和《儒林外史》來分析，又拿老舍、朱自清、沈從文幾位文字寫得比較好的作家來分析，我沒有發現旁的訣竅，除掉「自然」、「乾淨」、「瀏朗」幾個優點之外。比如說《紅樓夢》二十八回寶玉向黛玉說心事：

當初姑娘來了，那不是我陪著頑笑，憑我心愛的，姑娘要，就拿去；我愛吃的，聽見姑娘也愛吃，連忙的收拾的乾乾淨淨，收著；等著姑娘到來，一桌子吃飯，一床兒上睡覺。丫頭們想不到的，我怕姑娘生氣，我替丫頭們想到。我心裡想著：姊妹們從小兒長大，親也罷，熱也罷，和氣到了底，才見的比別人好。如今誰承望姑娘人大心大，不把我放在眼睛裡！

……

這只是隨便挑出的，你把全段念著看，看它多麼順口，多麼能表情，一點不做作，一點不拖沓。如果你會念，你會發現它裡面也有很好的聲音節奏。它有駢散交錯，長短相間，起伏頓挫種種道理在裡面，雖然這些都是出於自然，沒有很顯著的痕迹。

我也分析過一些寫得不很好的語體文，發現文章既寫得不好，聲音節奏也就不響亮流暢。它的基本原因當然在作者的思路不清楚，情趣沒有洗煉得好，以及駕馭文字的能力薄弱。單從表面看，語體文的聲音節奏有毛病，大致不外兩個原因。第一個原因是文白雜糅，像下面隨意在流行的文學刊物上抄來的兩段：

擺夷的壟山多半是在接近村寨的地方，並且是樹林蔭翳，備極森嚴。其中荒塚累累，更增淒涼的成分。這種壟山恐怕就是古代公有墓園的遺風。故祭壟除崇拜創造宇宙的神靈外，還有崇拜祖先的動機。……

他的醜相依然露在外面，欺哄得過的無非其同類不求認識人格之人而已。然進一步言之，同類人亦不能欺哄，因同類人了解同類人尤其清楚。不過，有一點可得救的，即他們不求自反自省，所以對人亦不曾，且亦不求分析其最後之人格，此所以他們能自欺兼以欺人……

這些文章既登在刋物上，當然不能算是最壞的例子，可是念起來也就很「彆扭」。我們不能像讀古文一樣拖起調子來哼，又不能用說話或演戲的腔調來說。第一例用了幾句不大新鮮的文言，又加上「增」、「故」兩個作文言文用法的字，顯得非驢非馬，和上下文不調和。第二例除掉雜用文言文的用字法以外，在虛字上面特別不留心。你看「無非……而已……然……不過……即……所以……亦……且亦……此所以……兼以……」一條線索多麼糾纏不清！語體文的字和詞不夠豐富，須在文言文裡借用，這是無可反對的。語體文本來有的字和詞，丟著不用，去找文言文的代替字，那何不索性作文言文？最不調和的是在語體文中雜用文言文所特有的語句組織，使讀者不知是哼好還是念好。比如說，「然進一步言之，同類人亦不能欺哄，因同類人了解同類人尤其清楚」一段話，如果寫成純粹的語體文，就應該是：「但是進一步來說，同類人也難得欺哄，因爲同類人了解同類人更加清楚。」這樣地，我們說起來才順口，才有自然的節奏。

其次，沒有鍾煉得好的歐化文在音調節奏上也往往很糟，像下面的例子：

> 當然這不是說不要想像，而且極需要想像給作品以生動的色彩。但是想像不是幻想而是有事實，或經驗作根據。表現可能的事實，這依然對現象忠實，或者更忠實些。我們不求抓住片段的死的事實，而求表現眞理。因爲眞理的生命和常存，那作品也就永遠是活的。……

> 春來了，花草的生命充分表現在那嫩綠的枝葉和迷亂的紅雲般花枝，人的青春也有那可愛的玉般肢體和那蘋果似的雙頰呈現……

作者很賣氣力，我們可以想像得到；但是這樣生硬而笨重的句子裡面究竟含有什麼深奧的道理？第一例像是一段生吞活剝的翻譯，思路不淸楚，上下不銜接，（例如第一句「而且」接什麼？「可能的事實」成什麼話？作者究竟辯護想像，還是主張對現象忠實，還是讚揚眞理？）聲音節奏更說不上。第二例模仿西文堆砌形容詞，把一句話（本來根本不成話，那雙頰是人的還是青春的？）拖得冗長，念起來眞是佶屈聱牙。從這個實例看，我們可以明白思路和節奏的密切關係，思想錯亂，節奏就一定錯亂；至於表面上歐化的痕跡還是次要的原因。適宜程度的歐化是理應提倡的，但是本國語文的特性也應當顧到。用外國文語句構造法來運用中文，用不得當，就像用外國話腔調說中國話一樣滑稽可笑。

我在這裡只是隨意舉例說明聲音節奏上的毛病，對所引用的作者並非要作惡意的批評，還請他們原諒。語體文還在試驗時期，錯誤人人都難免。我們旣愛護語體文，就應努力使它在聲音節奏上比較完美些，多給讀者一些愉快，少給責難者一些口實。這事要說是難固然是難，要說是容易也實在容易。先把思想感情洗煉好，下筆時你就當作你是在談話，讓思想情感源源湧現，力求自然。你在向許多人說話，要說服他們，感動他們，當然不能像普通談話那樣無剪裁，無倫次。你須把話說得乾淨些，響亮些，有時要斬截些，有時要委婉些。照這樣辦，你的文章在聲音節奏上就不會有毛病。旁人讀你的文章，就不但能明白你的意思，而且聽得見你的聲音，看得見你的笑貌。「如聞其語，如見其人。」你於是成爲讀者的談心的朋友，你的話對於他也就親切有味。

文學與語文(上)

——內容、形式與表現

從前我看文學作品，攝引注意力的是一般人所說的內容。如果它所寫的思想或情境本身引人入勝，我便覺得它好，根本不很注意到它的語言文字如何。反正語文是過河的橋，過了河，橋的好壞就可不用管了。近年來我的習慣兒已完全改過。一篇文學作品到了手，我第一步就留心它的語文。如果它在這方面有毛病，我對它的情感就冷淡了好些。我並非要求美麗的詞藻，存心裝飾的文章甚至使我嫌惡；我所要求的是語文的精確妥貼，心裡所想說的與手裡所寫出來的完全一致，不含糊，也不誇張，最適當的字句安排在最適當的位置。那一句話只有那一個說法，稍加增減更動，便不是那麼一回事。語文做到這個地步，我對作者便有絕對的信心。從我自己的經驗和對於文學作品的觀察看來，這種精確妥貼的語文頗不是易事，它需要尖銳的敏感，極端的謹嚴，和極艱苦的掙扎。一般人通常只是得過且過，到大致不差時便不再苛求。他們不了解在文藝方面，差之毫釐往往謬以千里。文藝的功用原在表現，如果寫出來的和心裡所想說的不一致，那就無異於說謊，失去了表現的意義。一個作家如果不在語文精確妥貼上苛求，他不是根本不了解文學，就是缺乏藝術的良心，肯對他自己不忠實。像我們在下文須詳細分析的，語文和思想是息息相關的。一個作家在語文方面既可以苟且敷衍，他對於思想情感的洗煉安排也就一定苟且敷衍。處處都苟且敷衍，他的作品如何能完美？這是我側重語文的一個看法。

我得到這麼一個看法，並不是完全拿科學頭腦來看文學，硬要文學和數學一樣，二加二必等於四。我細心體會閱讀和寫作的經驗，覺得文學上的講究大體是語文上的講究，而語文的最大德性是精確妥貼。文學與數學不同的，依我看來，只有兩點：一是心裡所想的不同，數學是抽象的理，文學是具體的情境；一是語文的效果不同，數學直述，一字只有一字的意義，不能旁生枝節，文學暗示，一字可以有無窮的含蓄。窮到究竟，這還是因爲所想的不同，理有固定的線索，情境是可變化可伸縮的。至於運用語文需要精確妥貼，使所說的恰是所想說的，文學與數學並無二致。

人人都承認文學的功用在表現，不過究竟什麼叫做「表現」，用這名詞的人大半不深加考究。依一般的看法，表現是以形式表現內容。這話原來不錯，但是什麼是內容，什麼是形式，又是一個糾紛的問題。中國舊有「意內言外」和「意在言先」的說法。照這樣看，以「言」表現「意」，「意」就是內容，「言」就是形式。表現就是拿在外在後的「言」來翻譯在內在先的「意」。有些人縱然不以爲言就是形式，也至少認爲形式是屬於言的。許多文學理論上的誤解都由此生，我們須把它加以謹嚴的分析。

「意」是情感思想的合稱。情感是生理的反應在意識上所生的感覺，自身迷離恍惚，不易捉摸。文藝表現情感，不能空洞地言悲言喜，再加上一些驚嘆號，它必須描繪情感所由生的具體情境，比如哈姆雷特的悲哀、徬徨和衝突，在莎翁名劇中是借一些可表演於舞台的言動笑貌表現出來的。這就是說，情感必須化爲思想，才可以表現得出。這裡所謂「思想」有兩種方式。一種運用抽象的概念，一種運用具體的意象。比如說「我打狗」這個思想內容，我們可以用「我」、「打」、「狗」三個字所指的意義連串起來想，也可以用「我的身體形象」，「打的動作姿態」和「狗被打時的形象」連成一幅圖畫或一幕戲景來想。前者是概念的思想，後者是意象的思想。就是「想像」。兩種都離不著「想」的活動。文藝在大體上用具體情境（所想的象）表現情感，所以「意」是情感飽和的思想。

在未有語文時，原始人類也許很少有抽象的概念，須全用具體的意象去想，幾乎一切思想都是想像。這是最生動的想法，也是最笨拙的想法。你試用這種想法想一想「百年三萬六千日，一日須傾三百杯」，或是「左據函谷、二崤之阻，表以太華、終南之山，右界褒斜，隴首之險，帶以洪河、涇、渭之川」，其中有許多事物動靜，你如何能在一霎時想像遍?運用語文是思想的捷徑，一個簡短的符號如「三百」、「傾」、「太華」、「界」、「帶」之類可以代替很笨重的實事實物。既有了語文，我們就逐漸避繁趨簡，概念的思想就逐漸代替意象的思想，甚至不易成意象而有意義的事物如「百年」、「隴首」之類仍可以為思想對象。到了現在，語文和它所代表的事物已發生了根深蒂固的聯想，想到實物樹，馬上就聯想起它的名謂「樹」字。在一般人的思想活動中，語文和實事實物常夾雜在一起，時而由實事實物跳到語文，時而由語文跳到實事實物。概念與形象交互織成思想的內容。因為心理習慣不同，有人側重用實事實物去想，有人側重用語文去想，但是絕對只用一種對象去想的人大概不會有。

語文與思想密切相關，還可以另用一些心理的事實來證明。普通說思想「用腦」，這話實在不很精確。思想須用全身，各種器官在思想時都在活動。你可以猜出一個人在用思想，甚至猜出他在想什麼，因為從動作姿態上可以得到一些線索。有些人用思想時，必須身體取某種姿態，作某種動作，如叉腿、抖腿、搖頭、定睛、皺眉之類，你如果勉強停止或更動他的活動姿態，就會打斷他的思路。在周身中，語言器官的活動對於思想尤為重要。嬰兒想到什麼就須說什麼，成人在自言自語時就是在用思想。有些人看書必須口裡唸著才行，不唸就看不下去。就是「悶著想」，語言器官仍是在活動。默想「三百」，喉舌就須作說「三百」兩字的動作，雖然這動作的顯著程度隨人而異。所以行爲派心理學家說：「思想是無聲的語言，語言也就是有聲的思想。」單從文化演進的過程來看，思想的豐富和語文的豐富常成正比。一般動物思想不如人類，野蠻人思想不如文明人，關鍵都在語文的有無或貧富。人類文化的進步可以說是字典的逐漸擴大。一個民族的思想類型也往往取決於語文的特性。中國的哲學文學和西方的不同，在我看，有大半由於語文的性質不同。我們所常想的（例如有些倫理觀念）西方人根本不想；西方人所常想的（例如有些玄學觀念）我們也根本不想，原因就在甲方有那一套語文而乙方沒有。所以無論是哲學或文學，由甲國語文翻譯到乙國語文，都是難得準確。我們固然很難說，思想和語文究竟誰是因誰是果，但是思想有時決定語言，語言也有時決定思想，這大概不成問題。

從這些事實看，思想是心理活動，它所藉以活動的是事物形象和語文（即意象和概念），離開事物形象和語文，思想無所憑藉，便無從進行。在爲思想所憑藉時，語文便夾在思想裡，便是「意」的一部分，是在內的，與「意」的其餘部分同時進行的。所以我們不能把語文看成在外在後的「形式」，用來「表現」在內在先的特別叫做「內容」的思想。「意內言外」和「意在言先」的說法絕對不能成立。

流俗的表現說大概不外起於兩種誤解。第一是把寫下來的（或說出來的）語文當作在外的「言」，以爲思想原無語文，到寫或說時，才去另找語文，找得的語文便是思想的表現。其實在寫或說之前，所要寫要說的已在心中成就，所成就者是連帶語文的思想，不是空洞游離的思想。比如我寫下一句話，這一句話的意義連同語文組織都已在心中想好，才下筆寫。寫不過是記錄，猶如將聲音灌到留聲機片，不能算是藝術的創作，更不能算是替已成的思想安一個形式。

第二個誤解是起於語文有時確須費力尋求，我們常感覺到心裡有話說不出，偶然有一陣感觸，覺得大有「詩意」，或是生平有一段經驗，彷彿是小說的好材料，只是沒有本領把它寫成作品。這好像是證明語文是思想以後的事。其實這是幻覺。所謂「有話說不出」，「說不出」因爲它根本未成爲話，根本沒有想清楚。你看一部文學作品，儘管個個字你都熟悉，可是你做不到那樣。舉一個短例來說：「春眠不覺曉，處處聞啼鳥，夜來風雨聲，花落知多少。」哪一個字你不認識，你沒有用過？可是你也許終身做不成這麼一首好詩。這可以證明你所缺乏的並不是語文，而是運用語文的思想。你根本沒有想，或是沒有能力想，在你心中飄忽來去的還是一些未成形的混亂的意象和概念，你的虛榮心使你相信它們是「詩意」或是「一部未寫的小說」。你必須努力使這些模糊的意像和概念確定化和具體化，所謂確定化和具體化就是「語文化」，「詩意」才能成詩，像是小說材料的東西才能成小說。心裡所能想到的原不定全有語文，但是文學須從有限見無限，只能用可以凝定於語文的情感思想來暗示其餘。文學的思想不在起飄忽迷離的幻想，而在使情感思想凝定於語言。在這凝定中實質與形式同時成就。

　　我們寫作時還另有一種現象，就是心裡似有一個思想，須費力搜索才可找得適當的字句，或是已得到的一個字句還嫌不甚恰當，須費力修改，這也似足證明「意在言先」。其實在尋求字句時，我們並非尋求無意義的字句；字句既有意義，則所尋求的不單是字句而同時是它的意義。尋字句和尋意義是一個完整的心理活動，統名之爲思想，其中並無內外先後的分別。比如說王介甫的「春風又綠江南岸」一句詩中的「綠」字是由「到」、「過」、「入」、「滿」諸字輾轉改過來的。這幾個不同的動詞代表不同的意境，王介甫要把「過」、「滿」等字改成「綠」字，是嫌「過」、「滿」等字的意境不如「綠」字的意境，並非本來想到「綠」字的意境而下一「過」字，後來發現它不恰當，於是再換上一個「綠」字。在他的心中「綠」的意境和「綠」字同時生發，並非先想到「綠」的意境而後另找一個「綠」字來「表現」它。

　　語文既與思想同時成就，以語文表現思想的說法既不精確，然則「內容」、「形式」、「表現」之類名詞在文藝上究竟有無意義呢？

　　要明白這問題，我們須進一步分析思想的性質。在文藝創作時，由起念到完成，思想常在生展的過程中，生展的方向是由淺而深，由粗而細，由模糊而明確，由混亂而秩序，這就是說，由無形式到有形式，或是由不完美的形式到完美的形式，起念時常是一陣飄忽的情感，一個條理不甚分明的思想，或是一幅未加剪裁安排的情境。這就是作者所要表現的，它是作品的胚胎，生糙的內容。他從這個起點出發去思想，內容跟著形式，意念跟著語文，時常在變動，在伸展。在未完成時，思想常是一種動態，一種傾向，一種摸索。它好比照相調配距離和度數，逐漸使所要照的人物形象投在最適合的焦點上。這種工作自然要靠技巧。老手一擺就擺在最適合的距離和角度上，初學有時須再三移動，再三嘗試，才調配得好。文藝所要調配的距離角度同時是內容與形式，思想與語文，並非先把思想調配停當，再費一番手續去調配語文。一切調配妥貼了，內容與形式就已同時成就，內容就已在形式中表現出來。談文藝的內容形式，必須以已完成的作品爲憑。在未完成之前，內容和形式都可以幾經變更；完成的內容和形式大半與最初所想的出入很大。在完成的作品中，內容如人體，形式如人形，無體不成形，無形不成體，內容與形式不能分開，猶如體與形不能分開。形式未成就時，內容也就沒有完全成就；內容完全成就，就等於說，它有了形式；也就等於說，它被表現了。所謂「表現」就是藝術的完成；所謂「內容」就是作品裡面所說的話；所謂「形式」就是那話說出來的方式。這裡所謂「話」指作者心中想著要說的，是思想情感語文的化合體，先在心中成就，然後用筆記錄下來。

作品無論好壞，都有一個形式，通常所謂「無形式」（formlessness）還是一種形式。壞作品的形式好比殘廢人的形貌，醜惡不全；好作品的形式好比健全人，體格生得齊全均稱，精神飽滿。批評作品的形式只有一個很簡單的標準，就是看它是否爲完整的有機體。有機體的特徵有兩個：一是亞理斯多德所說的有頭有尾有中段，一是全體與部分，部分與部分，互相連絡照應，變更任何一部分，其餘都必同時受牽動。

這標準直接應用到語文，間接應用到思想。我們讀者不能直接看到在作者心中活動的思想，只能間接從他寫下來的語文窺透他的思想。這寫下來的語文可以爲憑，因爲這原來就是作者所憑藉以思想的，和他寫作時整個心靈活動打成一片。思想是實體，語文是投影。語文有了完整的形式，思想絕不會零落錯亂；語文精妙，思想也絕不會粗陋。明白這一點，就明白文學上的講究何以大體是語文上的講究，也就明白許多流行的關於內容與形式的辯論——例如「形式重要抑內容重要」「形式決定內容，抑內容決定形式」之類——大半缺乏哲理的根據。

附註

這問題在我腦中已盤旋了十幾年，我在《詩論》裡有一章討論過它，那一章曾經換過兩次稿。近來對這問題再加思索，覺得前幾年所見的還不十分妥當，這篇所陳述的也只能代表我目前的看法。我覺得語文與思想的關係不很容易確定，但是在未把它確定以前，許多文學理論上的問題都無從解決。我很願虛心思索和我不同的意見。

文學與語文（中）

——體裁與風格

每一個開化民族的語文到了它的現階段，都曾經過很悠久的歷史。它常在生長、變化和新陳代謝；它是一個活的東西，隨著一個民族的精神生活而生發無窮。那個民族的精神生活衰歇了，它也就隨之衰歇。這種語文發展的發動和支配固然大半靠全民族在歷史過程中所拿出來的力量，但是關鍵仍在那民族中的文學作家。他們是與語文打交涉最多最密切者，也是運用語文最謹嚴而又最富於創造性者。他們在寫成一部有價值的作品時，不僅替文藝國庫裡添上一件瑰寶，也替當時語文的生展打開了一條新路，決定了一個新動向。所以研究一國語文的演變史，如果丟開文學作品的例證，就無法進行。

不過文學作家所能拿來運用的是當時公認的流行的語文，這就是說，他的工具是旁人已經替他造就的，無論它對他合適不合適，他都須用它，他不能憑空地替自己鑄造一個嶄新的工具。他的使命是創造，而天造地設的局面逼得他要接受傳統，要因襲。他須抓住一個已定的起點去前進。這個原則固然適用於他的整個精神生活，在語文方面他尤其感覺得迫切。語文的已成之局固然可以給他很多的方便，他可以在遺產裡予取予求，俯拾即是；但是也可以給他很多的不方便，常使他感覺困難。最顯著的是固有的語文不夠應付新的需要。人類一切活動，自物質的設施、社會的組織以至於心智的運用，都逐漸由粗趨精，由簡趨繁。在每一時代寫作者都感覺到語文的守舊性，世界變了，而語文還沒有迎頭趕上；要語文跟著變，還要他來出力。他須把舊字送到鉛爐裡熔解，他須鑄造新字，尤其重要的是他須發明新的排字法。但是最大的困難還不在此。流行的語文像流行的貨幣，磨得精光，捏得汚爛，有時須貶値，有時甚至不能兌現。文學作家須憑藉這人人公用的東西，來運用他個人在特殊情境的思想。他稍不當心，就會中了引誘，落到陳腐濫調的陷阱裡去，他的語文連同他的思想都停滯到人人所能達到的境界，他所要表現的那特殊情境沒有到手就溜走。古今中外的作家能從這種陷阱中爬起來的並不多，爬起來的人才眞正是創造者，開闢風氣者。從開闢風氣者人數寥寥看，我們可以知道語文的創造大非易事。它需要極艱苦的努力，取精光爛汚的語文加以一番揉捏洗煉，給它一種新形樣，新生命，新價値，使它變成自己的可適應特殊情境的工具。文學的創造是思想（抽象的連同具體的）的創造，也就是語文的創造。

語文有普通性，有個別性。普通性來自沿襲傳統，個別性起於作者的創造。一個作品的語文有普通性，才能博得讀者的了解；有個別性，才能見得作者在藝術上的成就。這原則不但適用於用字造句，還可以適用於體裁與風格。嚴格地說，每一件作品所要表現的是特殊的，它的語言形式也必是特殊的，否則它就沒有存在的理由。一個人云亦云的作品就各方面說，都是精力的浪費。所以每一個名副其實的文學作品必有一個特殊的形式，猶如世間沒有兩個人模樣完全相同。所謂「形式」只有這一個意義經得起哲理的分析——就是一篇完成的作品的與內容不能分開的特殊形式。這形式就是作品的生命的自然流露，水到渠成，不由外鑠。

不過一般人談形式，往往把它看作傳統的類型，例如「詩」、「駢文」、「散文」、「戲劇」、「小說」、「書疏」、「墓誌銘」之類也被稱爲形式。其實這是法國人所謂genres，英國人所謂kinds，只宜稱爲「種類」或「體裁」。文學史家和批評家常歡喜採自然科學的方法，將文學作品分類，並且在每類中找出一些共同原則來，想把它們定爲規律。這種工作並沒有多大價值，美學家克羅齊已再三詳辯過。它沒有謹嚴的邏輯性，例如詩分敘事、狀物、抒情等等，實際上敘事詩有狀物抒情的，抒情詩也有敘事狀物的。我們只看《文選》、《古文辭類纂》、《經史百家雜鈔》之類選本對於文章的分類，互不相同，而且都很勉強，就可以知道把文學作品擺進鴿子籠裡去，不是一件合理的事。同屬一類型的作品有時差別很大，我們很難找出共同原則來，求其適合一切事例。《紅樓夢》、《水滸傳》也叫做小說，卻與西方一般小說不同；《西廂記》、《燕子箋》也叫做戲劇，卻也與西方一般戲劇不同。無論你拿看《紅樓夢》的標準看《包法利夫人》，或是拿《羅蜜歐與朱麗葉》的標準看《西廂記》，你都是扣盤捫燭，認不清太陽。不但如此，你能拿看《紅樓夢》的標準看《水滸傳》？或是拿《哈姆雷特》的標準看《浮士德》？每一篇成功的作品都有一個內在的標準，也就都自成一類。它採用流行的類型，猶如它採用流行的語言；但是那類型須有新生命，也猶如語言的普通性之外須有個別性。

體裁或種類只是一個空殼。它有歷史的淵源，例如戲劇起於宗教儀式的表演，逐漸生展，遂奠定一種文學體裁。作家一方面因爲有些已成的範作可模仿，一方面也因爲聽衆容易接受他們所熟悉的類型，於是就利用它來做創作的媒介。舊瓶裝新酒自是一種方便，不過我們不能根據瓶來評定酒，更不能武斷地說某種酒只有某種瓶可裝。我從前也主張過某種體裁只宜於某種內容，「反串」就違背自然。後來我仔細比較同一體裁的許多作品，發現體裁雖同，內容可以千差萬別。我們試想想詩中五律七律，詞中任何一個調子，在從前經過幾多人用過，表現過幾多不同的情調，就可以知道體裁與內容並無必然的關係。批評家常責備韓昌黎以做文章的方法去做詩，蘇東坡以做詩的方法去做詞，說這不是本色當行。這就是過於信任體裁和它的規律。每一個大作家沿用舊體裁，對於它都多少加以變化甚至於破壞。他用迎合風氣的方法來改變風氣。莎士比亞和易卜生對於戲劇，可以爲例。我相信莎士比亞如果生在現代歐洲也許寫小說，生在唐代中國也許和李白、杜甫一樣寫五七言詩。體裁至多像服裝一樣，服裝雖可以供人公用，卻可以隨時隨地變更樣式；至於每個作品的形式則如人的容貌，沒有兩個完全相同的。

每一篇作品有它的與內容不能分開的形式，每一個作者在他的許多作品中，也有與他的個性不能分開的共同特性，這就是「風格」。莎士比亞的四大悲劇的風味各不相同，但是拿他來比較和他同時的悲劇作家，這四大悲劇卻有一種共同的特性，是在當時作品中找不著的。這是他的獨到的風格。一般修辭學家往往以風格爲修辭的結果，專從語文技巧上來分析風格，這種工作本也有它的效用，但是也容易使人迷失風格的眞正源泉，歷史上許多偉大作者成就了獨到的風格，往往並不很關心到風格問題；而特別在修辭技巧上鈎心鬥角的作者卻不一定能成就獨到的風格。風格像花草的香味和色澤，自然而然地放射出來。它是生氣的洋溢，精靈的煥發，不但不能從旁人抄襲得來，並且不能完全受意志的支配。古今討論內容的話甚多，只有法國自然科學家布豐所說的最簡單而中肯：「風格即人格。」一個作者的人格決定了他的思想情感的動向，也就決定了他的文學的風格。彌爾頓說得好：「誰想做一個詩人，他必須自己是一首眞正的詩。」「言爲心聲」，要看「言」如何，須先看「心」如何，從前人所以有「和順積中，英華外發」的話。司空圖的《詩品》是中國批評文中最精妙的，他所要描繪的是詩品（詩的風格），而他實際所描繪的大半是人品。人格與風格的密切關聯證實了一個基本原則，就是文學不能脫離人生而獨立。我們要想在文學上有成就，從源頭做起必須修養品格。我們並非希望文學作家都變成道學家，我們所著重的是他必須有豐富的精神生活。有生氣然後有生氣的洋溢。

抓住了這個基本原則，其他關於風格的爭辯全屬枝節問題。歷來討論風格者都著重字的選擇與安排。斯威夫特（Swift）說：風格是「用適當的字在適當的地位」（the use of proper words in proper places）。柯爾律治（Coleridge）論詩，說它是「最好的字在最好的次第」（the best words in their best order）。福樓拜（Flaubert）是近代最講究風格的作家，也是在「正確的字」（lejuste mot）上做功夫。他以爲一句話只有一個最恰當的說法，一個字的更動就可以影響全局，所以常不惜花幾個鐘頭去找一個恰當的字，或是斟酌一個逗點的位置。這些都是有經驗的作家，他們都特別看重選字排字的重要，當然有一番大道至理。在我們看，他們在表面上重視用字的推敲，在骨子裡仍是重視思想的謹嚴。惟有謹嚴，思想情感才能正確地凝定於語文，人格才能正確地流露於風格。

作家第一件應當心的是對於他自己的忠實。一句話恰好表現了他自己的思想情感，照理他就應該感覺滿意。不過通常作家的顧慮，不僅在一句話是否恰好表現了他自己，同時也在他是否能說服或感動讀者。因此，語文有兩種功用：一是表現，一是感動。理想的文學作品是它的語文有了表現力就有了感動力，不在表現之外另求所謂「效果」（effect）。不過這究竟是理想，滿作家自己意的作品往往不盡能滿讀者意。在這種時會，缺陷有時在作品本身，也有時在讀者的欣賞力。如果它在讀者的欣賞力，它可以藉教育彌補。一個作家最難的事往往不在創造作品，而在創造欣賞那種作品的趣味。這就是所謂的「開風氣之先」。如果缺陷在作品本身，根本的救濟仍在思想情感的深厚化，而不在語文的鋪張炫耀。但是平庸的作家往往不懂得這簡單的道理，以爲文學只是雕章琢句就可以了事，於是「修辭學」成爲一種專門學問，而文學與雄辯混爲一談。從文學史看，文學到了專在修辭家所謂「詞藻」上顯雕蟲小技時，往往也就到了它的頹廢時期。文學與雄辯的分別，穆勒（J.S. Mill）說得最好：「雄辯是使人聽見的(heard)，詩是無意中被人聽見的（overheard）。當言說非自身就是目的而是達到一種目的之手段時，……當情感的表現帶著有意要在旁人心上產生一個印象時，那就不復是詩而變爲雄辯了。」穆勒雖專指詩，其實凡是純文學都與詩一理。雄辯意在炫耀，文學須發於眞心，心裡有那樣的話非那樣說出不可，一炫耀就是裝點門面，出空頭支票。所以詩人魏爾蘭（Verlaine）在《論詩》的詩裡大聲疾呼：「抓住雄辯，扭斷它的頸項！」

一個作家有一個作家的風格，一時代或一學派也帶有它的特殊風格。在歐洲，「古典的」、「浪漫的」、「寫實的」是幾種重要的不同的作風；在中國，文則六朝與唐宋，詩則選體與唐，唐與宋，詞則花間與北宋，北宋與南宋，各有各的特殊風味。這種分別固然有一部分是實在的，它的根源在脾胃和眼光的不同；但是也有一部分是由文學史家和批評家誇張出來的，眞正完美的文學都必合於一些基本的條件，純粹是「古典的」或純粹是「浪漫的」作家往往不是第一流作家。一種風格流行到相當時期以後，有時容易由呆板而僵硬腐朽，窮則必變，於是一個反動跟著來，另一種風格代起。但是過些時候，這種新風格又變成舊的，引起另一個反動，有時打開另一新徑，也有時回轉到曾經一度放棄的舊徑，這種「趣味的旋轉」是文學演進的自然現象。但是虛心靜氣的讀者和作家當不爲一時風氣所囿，知道每一種風氣中都可以有好作品，承認它們的不同，但是不必强分優劣。

這個原則可以應用到關於風格的另一些區別。中國批評家常歡喜談陽剛與陰柔、濃麗與清淡、樸直與委婉、艱深與平易之類分別，而且各阿其所好，喜清淡就罵濃麗，喜濃麗就瞧不起清淡。西方批評家也有同樣的脾氣。這些分別有時起於作者的個性，是蘇東坡那樣的人，就會持銅琶鐵板，唱「大江東去」；是柳耆卿那樣的人，就會執紅牙板，歌「楊柳岸曉風殘月」；也有時起於所寫情境的分別，王摩詰寫田園山林之樂固然清淡，寫宮殿的排場還是很濃麗。這都是自然而然，不假做作的，如果與作者個性相稱，與題材內容相稱，各種不同的風格都可以有好文章。最忌諱的是情思枯澀而要裝濃麗，情思平庸而要顯得艱深，性格偏於陰柔而要張牙露爪地賣弄陽剛。

說來說去，還是回到我們對於表現的基本主張，思想必須與語文同一，人格必須與風格同一。這就是《易經》所說的「修辭立其誠」。

文學與語文(下)

——文言、白話與歐化

擺在我面前的是一本新出版的刊物，裡面劈頭一篇就是一位大學中文系主任的〈中國文學系之精神〉的文章。他鄭重申明「本系之精神，力矯流俗，以古爲則」。他很痛心疾首地罵「無識之徒，倡導白話，競煽小調，共賞傖言，謂合自然，呼爲天籟」；同時又罵「詭異之徒，輕議舊業，謂爲陳腐，以西體爲提倡，創造爲號召」。他反對白話的理由是「語言之與文學本有區分，俗曲之與雅奏豈能並論！……文學自有藝術之高下，豈村童野老之所能工？且自然與白話有殊，古典非故實之謂。……自然須自艱苦中來，非白話之能期，而古典爲經世之必需，尤非可以邪說抹殺」；至於西體不應提倡，是因爲：「文學有語言文字之殊，文法聲韻之異，是有國別，豈可强同？……文字創造乃自然之演進，必以舊業爲基，豈可斬絕歷史，刮滅前言，而以異邦異物，强相改易？」

這篇文章很可以代表許多維護國學者對於近年來白話運動和歐化運動的反響。我認識的朋友中持這種「以古爲則」的態度的人頗不少，而且他們不盡是老年人，我知道上面所引的文章的作者比我較年輕，因爲我和他曾有一面之雅。我很明白他們這一批人的立場，也很同情他們的誠懇；可是我碰巧站在「無識之徒」與「詭異之徒」一邊，對於他們的見地不能心悅誠服。一般人似以爲新舊之爭已成過去，不肯再提這老問題，上引一文可以證明它並未完全過去。本來事實勝於雄辯，無論站在舊的或新的一邊，最有力的武器是作品；到最後哪一派能產生最有生命的作品，哪一派就會勝利。不過不正確的思想和理論也可以迷惑視聽，用人工的歪曲阻礙自然的進展；所以關於新舊之爭，在思想與理論上多加檢討，還是有益的。

這問題還與我們所討論的文學與語文的關係密切相關。它是目前最切實際的一個問題。在討論它以前，我須向「以古爲則」者申明，我從識字到現在，四十年不間斷地在讀舊書，從前也做過十幾年的古文，我愛護中國舊詩文的熱忱也許不在他們之下，可是我也常在讀新文學作品，做過二十年左右的白話文；我的職業是教外國文，天天都注意到中文和西文的同異。我也經過罵「無識之徒」與「詭異之徒」那麼一個階段，現在覺得「無識」與「詭異」的不是旁人而是當年的自己。事非經過不知難，我希望「登泰山而小天下」的諸公多登一些高峯，然後再做高低大小的比較。成見、固執和意氣永遠是眞理的仇敵。

先說文言與白話。「文學自有藝術之高下」，誰也不否認，不過「藝術之高下」以用文言與用白話做標準來定，似大有問題。無論用哪一種語文做媒介，是文學作品就得要符合文學的基本條件：有話說，說得好。這兩層都需要思想的銳敏與謹嚴，都頗不是易事，用文言或用白話都不能天生地減去思想上的困難。思想的工作做到家，文言文可以做得好，白話文也還可以做得好。「自然須從艱苦中來」，白話文作者也是如此想；「非白話之能期」，這句話就不像「從艱苦中來」的。文言文所能有的毛病，白話文都能有；白話文所能有的毛病，文言也在所不免。膚淺、俗濫、空洞、晦澀、流滑，都不是那一方面的專利品。如果說文言文比白話文簡潔，我大致可承認；但這也看作者的能力，白話文也還是可以簡潔。比如說，上文所引的「以西體爲提倡」一句話，用白話來說，「提倡西體」就很夠，用不著「以……爲」。「以西體爲提倡」讀起來像很順口，但是想起來似不如「以古爲則」那樣合邏輯。文言有時可以掩蓋文章的毛病，這是一個眼前的例證。如果不爲篇幅所限，這種例證我可以舉得很多。

從語文的觀點看，文言文與白話的分別也只是比較的而不是絕對的。話的語文常在生長，常在部分地新陳代謝。在任何一個時期，每一種活的語文必有一部分是新生的，也必有一部分是舊有的。如果全是舊有的，它就已到了衰死期；如果全是新生的，它與過去語文就脫了節，彼此了不相干。我們中國語文雖然變得很慢，卻也還是活的，生長的，繼續一貫的。這就是說，白話也還是從文言變來的，文言與白話並非兩種截然不同的語文。不但許氏《說文》裡面的字有許多到現在還在口頭流傳，就是《論語》、《孟子》、《左傳》、《史記》一類古典的字句組織法也還有許多是白話所常用的。我們如果硬要把文言奉爲天尊，白話看成大逆不道，那就無異於替母親立貞節牌坊，斥她的兒子爲私生子，不讓他上家譜。

白話的定義容易下，它就是現在人在口頭說的語文；文言的定義卻不易下，如果它指古語，指那一時代的古語呢？所謂「用文言作文」只有三個可能的意義。一是專用過去某一時代的語文，學周秦人說話，或是學兩漢人說話。這是古文家們所提倡的。這種辦法沒有很充足的理由，以前似已有人反對過，並不限於現在「無識之徒」。而事實上這也未必眞正可以辦到。比如先秦諸子在同時代寫文章，所用的語文卻往往彼此相差很遠。我們以哪一家爲標準呢？第二種辦法是雜會過去各時代的語文，任意選字、任意採用字句組織法。比如在同一篇文章裡，這句學《論語》，那句學《楚辭》，另一句學《史記》，另一句又學歸震川；只要是字，無論它流行於哪一個時代，都一律採用。多數文言文作者口裡儘管只說周秦兩漢，實際上都是用這個「一爐而冶之」的辦法。這種辦法的長處在豐富，短處在駁雜蕪亂，就在講古文義法的人們看來，也未必是正路。第三種辦法是用淺近文言。所謂「淺近文言」是當代人易於了解的文言，一方面冷僻古字不用，奇奧的古語組織法不用；一方面也避免太俚俗的字和太俚俗的口語組織法。以往無心執古而自成大家的作者大半走這條路，我想孟子、左丘明、司馬遷、王充、陶潛、白居易、歐陽修、王安石、蘇軾一班人都是顯著的代表。看這些人的作品，我們可以看出兩點：第一，他們的語文跟著時代變遷，不懸某一代「古文」做標準，泥古不化；第二，他們的原則與白話文的原則大致相近，就是要求語文有親切生動的表現力與平易近人的傳達力，作者寫起來暢快，讀者讀起來也暢快。

好的白話文比起似六朝而非六朝，似唐宋而非唐宋的文言文，好處就在這兩點。第一，就作者自己說，語文與思想，語文與實際生活經驗，都有密切的關聯。在實際生活中，他遇著不開心的事，「哎」地嘆一口氣，心裡想著這聲嘆息還是想著「哎」，傳達這情感於語文時也還是寫「哎」，這多麼直截了當！你本想著「哎」，而偏經一道翻譯手續，把它寫成「嗚呼」甚至於「於戲」，這又何苦來？古人在用「嗚呼」、「於戲」時，還是和我們現在用「哎」一樣嘆氣，古人可以用「嗚呼」、「於戲」，我們何以一定不可以用「哎」？這還是小事，最要緊的是現時名謂字與拿來代替的古代名謂字所指的常不完全相同。東南大學只是東南大學，你要叫它「南雝」；行政專員只是行政專員，你要叫它「太守」或「刺史」。這不但不自然，而且也不忠實。「以古為則」者似沒有理會「修辭立其誠」一句古訓。

其次就讀者說，流行的語文對於他比較親切，你說「嗚呼」，他很冷淡地抽象地想這兩字的意義；你說「哎」，這聲音馬上就鑽進他的耳朵，鑽進他的心窩，使他聯想起自己在說「哎」時的那種神情。讀白話文，他彷彿與作者有對談之樂，彼此毫無隔閡；讀文言文，尤其讀現代人的文言文，他總不免像看演舊戲，須把自己在想像中搬到另一種世界裡去，與現實世界隔著一層。還不僅此，讀文言文須先有長時期的辛苦訓練，才能徹底了解，這種訓練原來是有益的。不過我們不能希望一般讀者都有。一般讀者知道東南大學是東南大學，不知道所謂「南廱」，並沒有多大妨礙；你偏要他因爲不知道「南廱」就不知道東南大學，以爲非如此不足以「挽救頽風」，這就未免執古不化了。

做白話文是一件事，讀古典另是一件事。現在一班「以古爲則」者以爲旣提倡白話文就必須廢棄古典，這其實是過慮。就邏輯說，這兩件事中間並無必然關係。就事實說，做白話文的人們談古典的還是很多，施耐庵、曹雪芹、吳敬梓們沒有讀過古典？朱元晦、王陽明一班語錄的作者沒有讀過古典？就西方各國來說，每一個時代的作者都只用當時流行的語文，可是沒有一個很重要的作者不硏究前代的名著。原因很簡單，他們要利用前人在數千百年中所逐漸積蓄的經驗，要承繼歷史的遺產。文學與語文都有長久的歷史，前人已得的成就是後人前進的出發點。後人對於前人的傳統不是因襲，就是改革。無論是因襲或是改革，對必須對於傳統有正確的了解。我們儘管做白話文，仍須認淸文言文的傳統。知道它的優點和弱點，才知道哪些地方可因襲，哪些地方可改革。現代語文是由過去語文蛻化出來，所以了解文言文對於運用白話還是有極大的幫助。丟開技巧不說，單說字彙。拿文盲和讀書人比較，讀書人的字彙無疑地較爲豐富。在文盲聽起來莫知所云的，在讀書人卻是尋常口語。超出於文盲所有的那部分字彙當然從書本上得來。各國語文都常有古字復活的現象。這復活往往由文章逐漸蔓延到口語。在今日中國，復活古字尤其緊要，因爲通常口語字彙過於貧乏，把一部分用得著的古字復活起來，一方面可以增加白話文的表現力，一方面也可以使文言與白話的距離變小，文章讀起來不太難，通常說話也不太粗俗不精確。單就擴充字彙來說，研究文言文的古典，確是寫作家應有的準備。我們只略取現在人寫得較好的白話文來作一個分析，就知道古字復活正在大量地進行，也就知道白話文仍然可以承繼一部分文言文的遺產，歷史的賡續性並不致因爲放棄文言就被打斷。

「以古爲則」者看不起白話文，以爲它天生是下賤的，和鄉下佬說的話一樣粗俗，他們以爲用文言才能「雅」。這種誤解一半起於他們的固執，不肯虛心研究白話文；一半也起於初期提倡白話文者的「作文如說話」這句帶有語病的口號。我們儘管用白話，作文並不完全如說話。說話時信口開河，思想和語文都比較粗疏；寫作時有斟酌的時間，思想和語文都比較縝密。在這兩方面可以見出。頭一點是用字，說話用的字比較有限，作文用的字比較豐富。無論在哪一國，沒有人要翻字典去談話，可是作文和讀文卻有時要翻字典。作文思想謹愼些，所以用字也比較謹愼些。一篇尋常對話，如果照實記錄下來，必定有很多不精確的字。其次是語句組織。通常談話不必句句講文法，句句注意到聲音節奏，反正臨時對方可以勉強懂得就夠了。至於作文，我們對於文法及聲調不能不隨時留意。所以「寫的語文」（written language）和「說的語文」（spoken language）在各國都不能完全一致。「寫的語文」不一定就是文言，例如現在西方作家儘管研究但丁、喬叟、蒙田、莎士比亞諸古代作者，寫作時並不用這些作者所用的語文（可以說是西方的文言），這一點是擁護古文者所忽略的。至於雅俗並不在文之古今，《詩經》、《楚辭》在當時大體是白話，想來在當時也還可以算得「雅」，何以現在人用白話寫詩文，就一定要「俗」呢？依我想，「雅」只能做藝術的或「精美純正的」解，這並不在字本身的漂亮，而在它與情感思想的吻合。如果把「雅」看成塗脂敷粉，假裝門面，那就根本沒有了解文藝。我頗有一點疑心許多固執把白話看成「不雅」的「文壇耆宿」對於文藝的趣味並不很高。

我們承認白話在目前還不是一個盡美盡善的工具，它還須加以擴充和精煉。這只有兩個方法，一是上文所說的接受用得著的文言文遺產，一是歐化。提起歐化，「以古爲則」者聽到，怕比聽到白話還更痛心疾首。其實管你高興不高興，白話文久已在接受歐化，和它久已在接受文言文的遺產，同是鐵一般的事實。這事實有它的存在理由，是自然演變所必經過的，絕不會被你潑婦罵街似地罵它「鄙薄」、「夸誕」、「詭異」、「悖謬」，就可以把它壓倒的。關於歐化問題可說的話甚多，我姑且提出幾點來，供虛心人衡量思索。

第一，語文和思想不能分開。思想的方式和內容變遷，語文就必跟著變遷，除非你絕對拒絕西方學術，要不然，你無法不酌量接受西方語文的特殊組織。你不能用先秦諸子的語文去「想」康德或懷特海的思想，自然也就不能用那種語文去「表現」他們的思想。如果你用很道地的中國語文翻譯他們的著作，你的譯文讀起來愈是好中文，很可能就愈不忠實。這道理佛經的翻譯大師都知道，所以他們寧可冒「詭異」大不韙，儘量讓中文印度化，不願失去佛經原來的意義與風味。西文有根底的人們都知道林琴南翻譯的小說儘管是「古道照顏」的中文，所得到的僅是粗枝大葉，原文的微妙處都不復存在。這雖然只是說翻譯，也可以適用於寫作。我們既然接受西方的哲學和文學，能不在上面體驗玩索？能不採同樣的思想方式去想出自己的哲學系統？能不採同樣的看人生世相的眼光去創造自己的文學作品？如果這些都不是份外的事，我們必定有意地或無意地使我們的語文多少受些歐化。

第二，文化交流是交通暢達的自然結果。人類心靈活動所遵循的理本來不能有很大的差別，《易經》所以有東聖西聖心同理同的名言。但是因爲有地理上的阻隔，每個民族各囿於一個區域發展它的文化；又因爲歷史和自然環境的關係，每個文化傾向某方面發展，具有它所特有的個性，逐漸與其他文化不同。不同的文化如果不相接觸，自然不能互相影響；如果相接觸，則模仿出於人類的天性，彼此截長補短往往是不期然而然的。就人類全體說，這種文化交流是值得提倡的，它可以除去各民族都難免的偏蔽，逐漸促成文化上的大同。一個民族接受其他民族的文化猶如吸收滋養料，可以使自己的文化更加豐富。這裡我們大可不必聽短見的狹義的國家主義作祟。「相觀而善之謂摩」，這是我們先聖對於個人交友的看法，它也可以推廣到整個民族。「見賢思齊」原來不是一件羞恥，我不了解「文壇耆宿」何以必定把接受歐化當作一件奇恥大辱。單就文學與語文來說，歐洲各國從有文學史以來，就互相影響。最顯著的是英文，於今英文所保留的盎格魯撒克遜的成分極小，大部分都是從希臘、拉丁、北歐語和法文「借」來的。從十四世紀起，英國文學和語文幾乎沒有一時不受法國的影響。因為英文肯虛心採納外來的成分，它才變成了世界上一種最豐富的語文。為什麼我們就覺得歐化是「騰笑友邦，毒虐國家」呢？難道我們忘記以往翻譯佛典的那一大宗公案？「如是我聞」，「合掌恭敬而白佛言」，「當知，阿難，諸如來身即是法身」，「日鏡相遠，非和非合，不應火光，無從自有」，「以積聚義故，說名為蘊」，「所有一切衆生之類，若卵生，若胎生，若濕生，若化生，若有色，若無色，若有想，若無想，若非有想，非無想，我皆令入無餘涅槃而滅度之」……這些語句的組織，如果稍加分析，都是由歐化來的（因為印度文仍屬印度歐羅巴系）。何以古人接受歐化可成經典，我們主張接受歐化，就是大逆不道？

所謂歐化，當然不僅指語文，體裁和技巧也應當包涵在內。有了《佛本行贊》和《唐三藏遊西域記》那樣長篇傳記並遊記的模範，我想不出理由我們一定要學司馬遷和柳宗元。元曲固然有它的優點，要在近代舞台上演，寫莎士比亞、易卜生、契訶夫那種樣式的劇本，似也未見得就損失尊嚴。我們不必從西方小說的觀點去輕視《水滸傳》或《紅樓夢》，但是現代中國作家採用西方技巧所寫的小說似也有相當的成績。此外，說理的文章如果能採用柏拉圖《對話集》那樣深入淺出、親切有趣的方式，或是康德《純粹理性批判》那樣有系統有條理的方式，似也不一定就要比「論說」、「語錄」體遜色。我頗懷疑劉彥和如果不精通佛理，能否寫出那樣頗有科學系統組織的《文心雕龍》。對於這些問題我不敢武斷，我希望「文壇耆宿」不必持「拒人於千里之外」的態度，把它們加一番虛心檢討。

第三，中國語文的優點很多，我們不必否認，但是拿歐洲語文來仔細比較，它有不少的弱點，我們似亦無用諱言。舉幾個最顯著的來說。動詞自身不能表示時間性，雖然有「曾」、「已」、「正」、「將」之類副詞可用，普通人寫作卻不常拿來用，所以要明白動作的時間先後次第，我們常須依文義猜測。文法本由習慣形成，在語文是文法，在思想就是就是邏輯。我們多數人的思想都缺乏謹嚴的邏輯，所以用語文很少注意文法的習慣，一句話有時沒有主詞，有時沒有主要動詞。主動詞和被動詞有時在形式上可以無分別。最重要的是關係代名詞和關係聯續詞的缺乏，因此寫複合句頗不容易，西方所有的緊湊的有機組織和伸縮自如的節奏在中文中頗難做到。我們很少用插句的習慣，在一句話之中有一個次要的意思臨時發生，或是須保留某一個條件，或是須作一個輕淡的旁敲側擊，我們很不容易順著思想的自然程序與輕重分寸把它擺進那一句話裡；要把它說出，只好另來一句。這個欠缺使語文減少彈性和濃淡陰影。只知道中文而不知道西文的人們自然不會感覺到這些欠缺不方便，知道西文而沒有做翻譯工作的人或許也不感覺到它們的嚴重，但是忠實的翻譯者都會明白我說這番話的甘苦。各國語文習慣本各不相同，我們固然不能拿西文文法來衡量中文，但是上述幾種欠缺不全是習慣問題而是思想的謹嚴與鬆懈問題。如果我們能了解西文在這幾方面確比中文好，我們似沒有理由說中文不應把好的地方接受過來。

根據上面三層理由，我以爲久已在進行的歐化運動是必須繼續進行的。這不是一件易事，我明白；它可以弄得很糟，我也不否認。採用歐化的作者有兩點須特別留意。頭一點是不要生吞活剝。各國語文都有它的特性（法國人所謂 génie），我們在大體上不能違反它。如果一句話依中文習慣可以說得同樣精確有力，我們就絕對不能歐化它；歐化須在表現上有絕對必要時才可採用。第二點是不要躁進僨事。語文是逐漸生長的，我們不能希望一個重大的變動一蹴而就。一個作者的語文如果歐化到一般讀者不易了解接受的程度，那反引起不必要的麻煩。羣衆需要按部就班的訓練。這一代所認爲歐化的，下一代就習慣成自然；這一代歐化得輕微一點，下一代歐化得徹底一點，如此逐漸下去，到適可程度爲止，也許可以免除許多固執者的少見多怪。照我看，這是自然的大勢所趨。

作者與讀者

作者心目中應不應該有讀者呢？他對於讀者應該持怎樣一種態度呢？初看起來，這問題好像值不得一問，但實在是文學理論中一個極重要的問題。文藝還只是表現作者自己就算了事，還是要讀者從這表現中得到作者所要表現的情感思想？作者與讀者的資稟經驗和趣味絕難完全一致，作者所自認爲滿意的是否叫讀者也就能同樣地滿意？文藝有無社會性？與時代環境有無關係？每時代的特殊的文藝風氣如何養成？在文藝史上因襲和反抗兩種大勢力如何演變？文藝作品何以有些成功，有些失敗，有時先成功的後失敗，先失敗的後成功？這種種問題實在都跟著作者與讀者的關係究應如何這個基本問題旋轉。

我從前在〈論小品文〉一封公開信裡曾經主張道：「最上乘的文章是自言自語」，它「包含大部分純文學，它自然也有聽衆，但是作者的用意第一是要發洩自己心中所不能不發洩的。這就是勞倫斯所說的『爲我自己而藝術』」。於今回想，這話頗有語病。當時我還是克羅齊的忠實信徒。據他說，藝術即表現，表現即直覺，直覺即情感與意象相交而產生具體形式的那一種單純的心靈綜合作用。所以藝術的創造完全在心裡孕育，在心裡完成。至於把心裡所已完成的藝術作品用文字符號記載下來，留一個永久固定的痕跡，可以防備自己遺忘，或是傳給旁人看，這只是「物理的事實」，猶如把樂歌灌音到留聲機片上，不能算是藝術的活動。備忘或是準備感動旁人，都有實用目的，所以傳達（即以文字符號記載心裡所成就的形象）只是實用的活動。就藝術家之為藝術家而言，他在心中直覺到一種具體意象恰能表現所要表現的情感，他就已完全盡了他的職責。如果他不止於此，還要再進一步為自己或讀者謀便利，把自己所獨到的境界形諸人人可共睹的文字，他就已放棄藝術家的身分而變為實用人了。這第二步活動儘管如何重要，卻不能與藝術的創造相混。嚴格地說，眞正的藝術家都是自言自語者。

這一套理論是上引一段話中「最上乘的文章是自言自語」一句話所由來。克羅齊的學說本有它的謹嚴的邏輯性，純從邏輯抽象分析，頗不容易推翻。不過這種看法顯然和我們的常識違反。它向常識挑釁，常識也就要向它挑釁。這兩個敵陣在我心中支持過很長期的爭鬥。克羅齊所說的藝術人與實用人在理論上雖可劃分，在實際上是否截然兩事互不相謀呢？藝術家在創作之際是否完全不受實用目的影響呢？假如偶然也受實用目的影響，那影響對於藝術是否絕對有損呢？假如藝術家止於直覺形象與自言自語而不傳達其心中蘊蓄，藝術的作用就止於他自身，世間許多有形跡可求的藝術作品是否都是枝指駢拇呢?這些問題常在我心中盤旋。於是我在事實中求解答，我發現常識固然不可輕信，也不可輕易抹煞。每時代的作者大半接受當時所最盛行的體裁。史詩、悲劇、小說、五七言詩和詞曲，都各有它的特盛時代。作者一方面固然因爲耳濡目染，相習成風，一方面也因爲流行體裁易於爲讀者接受和了解。荷馬和莎士比亞之類大家如果不存心要得到當時人玩賞，是否要費心力去完成他們偉大的作品，我以爲大是問題。近代作者幾乎以寫作爲職業，先存一個念頭要產生作品，而後才去找靈感，造成藝術的心境，所謂「由文生情」，正不少於「因情生文」。創造一件作品，藏在心中專供自己欣賞，和創造一件作品，傳達出來求他人欣賞，這兩種心境大不相同。如果有求他人欣賞的「實用目的」，這實用目的絕不能不影響到藝術創作本身上去。姑舉一例，小說、戲劇常布疑陣，突出驚人之筆（英文所謂 suspense and surprise），作者自己對於全局一目了然，本無須有此，他所以出此，大半爲著要在讀者心中產生所希望的效果。由此類推，文藝上許多技巧，都是爲打動讀者而設。

從這個觀點看，用文字傳達出來的文藝作品沒有完全是「自言自語」的。它們在表面上儘管有時像是向虛空說話，實際上都在對著讀者說話，希冀讀者和作者自己同樣受某一種情趣感動，或是悅服某一點眞理。這種希冀克羅齊稱之爲「實用目的」。它儘管不純粹是藝術的，藝術卻多少要受它的影響，因爲藝術創造的心靈活動不能不顧到感動和說服的力量，感動和說服的力量强大也是構成藝術完美的重要成分。

感動和說服的希冀起於人類最原始而普遍的同情心。人與人之間，有交感共鳴的需要。每個人都不肯將自己囚在小我的牢籠裡，和四周同類有牆壁隔閡著，憂喜不相聞問。他感覺這是苦悶，於是有語言，於是有藝術。藝術和語言根本是一回事。都是人類心靈交通的工具，它們的原動力都是社會的本能。世間也許有不立文字的釋迦，不製樂譜的貝多芬，或是不寫作品的杜甫，只在心裡私自欣賞所蘊蓄的崇高幽美的境界，或私自慶幸自己的偉大，我們也只能把他們歸在自私的怪物或心理有變態者一類，和我們所談的文藝不起因緣。我們所談的文藝必有作品可憑，而它的作者必極富於同情心，要在人與人之中造成情感思想的交流匯通，伸張小我爲大我，或則泯沒小我於大我，使人羣成爲一體。藝術的價值之偉大，分別地說，在使各個人於某一時會心中有可欣賞的完美境界；綜合地說，在使個人心中的可欣賞的完美境界浸潤到無數同羣者的心裡去，使人類彼此中間超過時空的限制而有心心相印之樂。托爾斯泰說：「藝術是一種『人性活動』，它的要義只是：一個人有意地用具體的符號，把自己所曾經歷的情感傳給旁人，旁人受這些情感的傳染，也起同感。」因此，他以爲藝術的功用，在打破界限隔閡，「鞏固人和人以及人和上帝的和合」。克羅齊派美學家偏重直覺，把藝術家看成「自言自語者」，就只看到藝術對於個人的意義與價值；托爾斯泰著重情感的傳染，把藝術家看成人類心靈的膠漆，才算看到藝術對於人羣的意義與價值。兩說本可並行不悖，合併起來，才沒有偏蔽。總之，藝術家在直覺形象時，獨樂其樂；在以符號傳達所直覺之形象時，與人同樂。由第一步活動到第二步活動，由獨賞直覺到外現直覺以與人共賞，其中間不容發，有電流水瀉不能自止之勢。如將兩步活動截然劃開，說前者屬於「藝術人」，後者屬於「實用人」，前後了不相涉，似不但淺視藝術，而且把人看得太像機械了。實際上藝術家對於直覺與傳達，容或各有偏重（由於心理類型有內傾外傾之別）；但止於直覺而不傳達，或存心傳達而直覺不受影響，在我看來，都像與事實不很符合。

藝術就是一種語言，語言有說者就必有聽者，而說者之所以要說，就存心要得到人聽。作者之於讀者，正如說者之於聽者，要話說得中聽，眼睛不得不望著聽衆。說的目的本在於作者讀者之中成立一種情感思想上的交流默契；這目的能否達到，就看作者之所給與是否爲讀者之所能接受或所願接受。寫作的成功與失敗一方面固然要看所傳達的情感思想本身的價值，一方面也要看傳達技巧的好壞。傳達技巧的好壞大半要靠作者對於讀者所取的態度是否適宜。

這態度可以分爲不視、仰視、俯視、平視四種。不視即目中無讀者。這種態度可以產生最壞的作品，也可以產生最好的作品。一般空洞議論，陳腐講章，枯燥敍述之類作品屬於前一種。在這種作品中，作者向虛空說話，我們反覆尋求，找不出主人的性格，嚼不出言語的滋味，得不著一點心靈默契的樂趣。他看不見我們，我們也看不見他，我們對面的只是一個空心大老倌！他不但目中無讀者，根本就無目可視。碰到這種作者，是讀者的厄運。另有一種作品，作者儘管不挺身現在我們面前，他儘管目中不像看見有我們存在，只像在自言自語，而卻不失其爲最上乘作品。莎士比亞是最顯著的例。他寫戲劇，固然仍是眼睛望著當時戲院顧主，可是在他的劇本中，我們只看見形形色色的人物活現在眼前，而不容易抓住莎士比亞自己。他的喜笑怒罵像是從虛空來的，也是像朝虛空發的。他似無意要專向某一時代、某一國籍或某一類型的人說話，而任何時代、任何國籍、任何類型的讀者都可以在他的作品中各見到一種天地，嘗到一種滋味。他能使雅俗共賞，他的深廣偉大也就在此。像他這一類作者，我們與其說他們不現某一片面的性格，無寧說他們有多方的豐富的性格；與其說他們「不視」，不如說他們「普視」。他們在看我們每一個人，我們卻不容易看見他們。

普視是最難的事。如果沒有深廣的心靈，光輝不能四達，普視就流於不視。普視是不朽者所特有的本領，我們凡人須擇一個固定的觀點，取一個容易捉摸的態度。文書吏辦公文，常分「下行上」、「上行下」、「平行」三種。作者對於讀者也可以取三種態度，或仰視，或俯視，或平視。仰視如上奏疏，俯視如頒詔諭，平視則如親友通信敍家常，道衷曲。曾國藩在《經史百家雜鈔》的序例裡彷彿曾經指出同樣的分別。我們所指的倒不限於在選本上所常分開的這幾種體類，而是寫任何體類作品時作者對於讀者所存的態度。作者視讀者或是比自己高一層，或是比自己低一層，或是和自己平行，這幾種態度各有適合的時機，也各隨作者藝術本領而見成敗，我們不能抽象地概括地對於某一種有所偏袒。猶太人的《舊約》是最好的例證。《頌詩》頌揚上帝，禱祝上帝，捧著一片虔敬的丹心，向神明呈獻，是取仰視的態度。《先知書》是先知者對於民衆的預言和諄諄告誡，是取俯視的態度。其他敍述史事諸書只像一個人向他的同胞談論往事，是取平視的態度。它們在文藝上各臻勝境。仰視必有尊敬的心情，俯視必有愛護的心情，平視必有親密的心情，出乎至誠，都能感動。

在仰視、俯視、平視之中，我比較贊成平視。仰視難免阿諛逢迎。一個作者存心取悅於讀者，本是他的份內事，不過他有他的身份和藝術的良心，如果他將就讀者的錯誤的見解，低級的趣味，以佞嬖俳優的身份打諢吶喊，獵取世俗的炫耀，仰視就成爲對於藝術的侮辱。一個作者存心開導讀者，也本是他的份內事，不過他不能有驕矜氣，如果他把自己高舉在講臺上，把臺下人都看成蒙昧無知，盛氣凌人地呵責他們，譏笑他們，教訓他們，像教蒙童似地解釋這樣那樣，俯視就成爲對於讀者的侮辱。世間人一半歡喜人捧，另一半歡喜人踩，所以這兩種態度常很容易獲得世俗上的成功。但是從藝術觀點看，我們對這種仰視與俯視都必須深惡痛疾。因此，我不歡喜×××先生（讓問心有愧的作者們塡進他們自己的姓名），也不歡喜蕭伯納。

我贊成平視，因爲這是人與人中間所應有的友誼的態度。「酒逢知己飲，詩向會人吟」。我們心中有極切己的憂喜，極不可爲俗人言的祕密，隱藏著是痛苦，於是找知心的朋友去傾瀉，我們肯向一個人說心事話，就看得起他這位朋友，知道在他那方面可以得到了解與同情。文藝所要表現的正是這種不得不言而又不易爲俗人言的祕密。你拿它向讀者吐露時，就已經假定他是可與言的契友。你拿哀樂和他分享，你同情他，而且也希望得到同情的回報。你這種假定，這種希望，是根據「人同此心，心同此理」這個基本原則。你傳達你的情感思想，是要在許多「同此心」的人們中取得「同此理」的印證。這印證有如廻響震盪，產生了讀者的喜悅，也增加了作者的喜悅。這種心靈感通之中不容有驕矜，也不容有虛僞的謙遜，彼此須平面相視，赤心相對，不裝腔作勢，也不吞吐含混，這樣人與人可以結成眞摯的友誼，作者與讀者也可以成立最理想的默契。凡是第一流作家，從古代史詩悲劇作者到近代小說家，從莊周、屈原、杜甫到施耐庵、曹雪芹，對於他們的讀者大半都持這種平易近人的態度。我們讀他們的作品，雖然覺得他們高出我們不知若干倍，同時也覺得他們誠懇親切，聽得見他們的聲音，窺得透他們的心曲，使我們很快樂地發現我們的渺小的心靈和偉大的心靈也有共通之點。「尚友古人」的樂趣就在此。

誠懇親切是人與人相交接的無上美德，也是作者對於讀者的最好態度，文化愈進，人與人的交接不免有些虛僞節儀，連寫作也有所謂「禮貌」。這在西文中最易見出。記得我初從一位英國教師學作文時，他叮嚀囑咐我極力避免第一人稱代名詞。分明是「我」想「我」說，講一點禮貌，就須寫「我們想」、「我們說」。英、德、法文中單數「你」都只能用於最親密的人，對泛泛之交本是指「你」時卻須說「你們」。事實上是我請你吃飯，正式下請帖卻須用第三人稱。「某某先生請某某先生予以同餐的榮幸」。有時甚至連有專指的第三人稱都不肯用，在英、法文中都有非你非我非他而可以用來指你指我指他的代名詞（英文的one、法文的on）。在這些語文習慣瑣例中，我們可以看出人們有意要在作者與讀者（或說者與聽者）之中闢出所謂「尊敬的距離」，說「你」和「我」未免太顯得親密，太固定，說「你們」和「我們」既客氣又有閃避的餘地。說「張某李某」未免無忌憚，說實雖專指而貌似泛指的one或on，那就黏染不到你或我了。一般著作本都是作者向讀者說話，而作者卻裝著向虛空說話，自己也不肯露面，也正猶如上舉諸例同是有「客氣」作祟。這種客氣我認爲不僅是虛僞，而且是愚笨，它擴大作者與讀者的距離，就減小作品的力量。我歡喜一部作品中，作者肯說自己是「我」，讀者是「你」，兩方促膝談心，親密到法國人所說的entre nous「在咱倆中間」，意謂只可對你說不可對旁人說）的話度。

文藝的語言同是社會交接的工具，所以說文藝有社會性，如同說人是動物一樣，只是說出一個極平凡的眞理。但是我們雖著重文藝的社會性，卻與一般從社會學觀點談文藝者所主張的不同。在他們看，政治經濟種種社會勢力對於文藝傾向有決定的力量；在我們看，這些勢力雖可爲文藝風氣轉變的助因，而它的主因仍在作者對於讀者的顧慮。各時代、各派別的文藝風氣不同，因爲讀者的程度和趣味不同。漢人的典麗的詞賦，六朝人的清新的駢儷文，唐宋人的平正通達的古文，多少都由於當時讀者特別愛好那種味道，才特別發達。中國過去文藝欣賞者首先是作者的朋友和同行的文人，所以唱酬的風氣特盛，而作品一向是「鬥方名士」氣味很重。在西方，有愛聽英雄故事的羣衆才有荷馬史詩和中世紀傳奇，有歡喜看戲的羣衆才有希臘悲劇和伊麗莎白後期的戲劇。近代人歡喜看小說消遣，所以小說最盛行，這些都是很粗淺的事例，如果細加分析，文學史上體裁與風格的演變，都可以證明作者時時在遷就讀者。

一個作者需要讀者，就不能不看重讀者；但是如果完全讓讀者牽著鼻子走，他對於藝術也絕不能有偉大的成就。就一般情形說，讀者比作者程度較低，趣味較劣，也較富於守舊性。因此，作者常不免處在兩難境遇：如果一味迎合讀者，揣摩風氣，他的藝術就難超過當時已達到的水準；如果一味立異爲高，孤高自賞，他的藝術至少在當時找不著讀者。在歷史上，作者可以分爲兩大類，有些甘心在已成立的風氣之下享一時的成功，有些要自己開闢一個風氣讓後人繼承光大。一是因襲者，守成者；一是反抗者，創業者。不過這只是就粗淺的迹象說，如果看得精細一點，文學史上因襲和反抗兩種勢力向來並非絕不相謀的。純粹的因襲者絕不能成爲藝術家，眞正藝術家也絕不能一味反抗而不因襲。所以聰明的藝術家在應因襲時因襲，在應反抗時反抗。他接受羣衆，羣衆才接受他；但是他也要高出羣衆，羣衆才受到他的啓迪。他須從迎合風氣去開導風氣。這話看來像圓滑騎牆，但是你想一想曹植、陶潛、阮籍、杜甫、韓愈、蘇軾、莎士比亞、歌德、易卜生、托爾斯泰，那一個大家不是如此？

一般人都以爲文藝風氣全是少數革命作家所創成的。我對此頗表懷疑。從文藝史看，一種新興作風在社會上能占勢力，固然由於有大膽的作者，也由於有同情的讀者。唐代詩人如盧同、李賀未嘗不各獨樹一幟，卻未能造成風氣。一種新風氣的成立，表示作者的需要，也表示讀者的需要；作者非此不揣摩，讀者非此不愛好，於是相習成風，彌漫一時。等到相當時期以後，這種固定的作風由僵化而腐朽，讀者看膩了，作者也須另闢途徑。文藝的革命和政治的革命是一樣的，只有領袖而無羣衆，都絕不能成功。作者與讀者攜手，一種風氣才能養成，才能因襲；作者與讀者攜手，一種風氣也才能破壞，才能轉變。作者水準高，可以把讀者的水準提高，這道理是人人承認的；讀者的水準高，也可以把作者的水準提高，這道理也許不那麼淺顯，卻是同樣地正確。在我們現在的時代，作者們須從提高讀者去提高自己。

具體與抽象

「文章之精妙不出字句聲色之間。」如果記住語文情思一致的基本原則而單從語文探求文章的精妙，姚姬傳的這句話確是一語破的。在〈散文的聲音節奏〉篇中我們已談到聲的重要，現在來講色。所謂「色」並不專指顏色，凡是感官所接觸的，分爲聲色臭味觸，合爲完整形體或境界，都包含在內（佛典所謂「色蘊」亦廣指現象界）。那篇所說的「聲」側重它的形式的成分，如音的陰陽平仄和字句段落的節奏之類；至於人物所發的聲音可以幫助我們了解一種具體性格或情境的仍應歸在本文所說的「色」。「色」可以說就是具體意象或形象。

我們接受事物的形象用感官，領會事物的關係條理用理智。感官所得的是具體意象，理智所運用的是抽象概念。在白馬、白玉、白雪等個別事物所「見」到的白是具體意象，離開這些個別事物而總攝其共象所「想」到的白是抽象概念。理智是進一步、高一層的心理機能，但是抽象概念須從具體意象得來，所以感官是到理智的必由之路。一個人在幼稚時代，一個民族在原始時代，運用感官都多於運用理智，具體意象的力量都大於抽象概念。拿成年人和開化民族說，象仍先於理，知覺仍先於思想。因此，要人明瞭「理」最好的方法是讓他先認識「象」（即「色」），古人所以有「象教」的主張。宗教家宣傳教義多借重圖畫和雕刻，小學教科書必有插畫，就是根據這個道理。

有些人在這中間見出文學與哲學科學的分別。哲學科學都側重理，文學和其他藝術都側重象。這當然沒有哲學科學不要象、文藝不要理的涵義。理本寓於象，哲學科學的探求止於理，有時也要依於象；文藝的探求止於象，但也永不能違理。在哲學科學中，理是從水提煉出來的鹽，可以獨立；在文藝中，理是鹽所溶解的水，即水即鹽，不能分開。文藝是一種「象教」，它訴諸人類最基本、最原始而也最普遍的感官機能，所以它的力量與影響永遠比哲學科學深厚廣大。

文藝的表現必定是具體的，訴諸感官的。如果它完全是抽象的，它就失去文藝的特質而變爲哲學科學。記得這個原則，我們在寫作時就須儘量避免抽象而求具體。「他與士卒同甘苦」，「他爲人慈祥」，「他有犧牲的精神」之類語句是用抽象的寫法，「他在戰場上受傷臨危時，口渴得厲害，衛兵找得一杯水給他喝，他翻身看見旁邊躺著一個受傷發熱的兵，自己就不肯喝，把那杯水傳過去給那傷兵說：「喝了罷，你的需要比我的更迫切！」這才是具體的寫法。僕人慌慌張張地跑去找主人說：

「不好了！糟了！」他還是在弄抽象的玩藝兒，令人捉摸不著；等到他報告說：「屋裡起了火，房子燒光了，小少爺沒救得出來，老太太嚇昏過去了。」他才把我們引到具體的境界。「少所見，多所怪」，本是常理，你就以常理待它，如耳邊風聽過去；到了「見駱駝，言馬腫背」，你就一驚一喜，看見一個具體的情境活現在眼前。凡是完美的詩、小說或戲劇，裡面所寫的人物故事和心境，如果抽象地說，都可以用三言兩語總括起來，可是作者卻要把它「演」成長篇大作，並非不知道愛惜筆墨，他要把人物化成有血有肉的人物，把情境化成有聲有色的情境，使讀者看到如在眼前。文藝捨創造無能事。所謂創造，就是托出一個意象世界來。從前人做壽序、墓誌銘，把所有可讚揚人的話都堆積起來，一樣話在任何場合都拿來應用，千篇一律，毛病就在不具體。現在許多人寫文章還沒有脫去這種習氣。你儘管驚嘆「那多麼美麗啊！」「人生多麼悲哀喲！」「我眞愛你！」讀者卻不稀罕聽這種空洞的話，他要你「拿出證據來」。

文學必以語文這媒介，語文的生展就帶有幾分藝術性。這在文字的引申義上面最容易看說。許多抽象的意義都藉表達事物的字表達出來。就如這裡所說的「生展」和「引申」都是抽象的意義，原來「生產」、「展開」、「牽引」、「欠伸」卻都指具體的動作。此外如「道」（路）、「理」（玉石的文理）、「風」（空氣流動）、「行」（走）、「立」（站）、「推」（用手推物）、「斷」（用刀斷物）、「組織」（編織絲布）、「吹噓」（以口鼓動空氣）、「聯絡」（繫數物於一處）之類在流行語文中用來表示抽象意義（即引申義），反比用原來的具體意義更爲普通。如果略知文字學者把流行語文所用的抽象字義稍加分析，他會發現它們大半都是引申義，原義大半是指具體的事物。引申大半含有比喻的意味。「行道」有如「走路」，語文的「生展」有如草木的「發芽長葉」。比喻是文學修辭中極重要的一格。小則零句，大則整篇，用具體事物比喻抽象意義的都極多。零句如「人生若夢」、「天地者萬物之逆旅」、「割雞焉用牛刀」、「魚相忘乎江湖，人相忘乎道術」、「秋風棄扇知安命，小炷留燈悟養生」之類，整篇如莊子的〈養生主〉、屈原的〈離騷〉、佛典中的《百喻經》、《伊索寓言》和英國班揚的《天路歷程》之類都可以爲例。讀者如果循例推求，就可明白比喻在文學作品中，如何普遍，如何重要。

在《寫作練習》篇中，我們已談到文章的作用不外說理、言情、敍事、狀物四種。事與物本來就是具體的，所以敍事文與狀物文比較容易具體。情感在發動時雖有具體的表現，內爲生理變化，外爲對人處事的態度和動作，都有跡象可尋，但是身當其境者常無暇自加省察；即自加省察，也常苦其游離飄忽，不易捉摸。加以情隨境遷，哀樂儘管大致相同，而個別經歷懸殊，這個人的哀樂和那個人的哀樂，這一境的哀樂和另一境的哀樂終必有微妙的分別。文學不但要抓住類型，尤其緊要的是抓住個性。在實際中哀可以一哭表現，樂可以一笑表現；但是在文學作品中，哀只言哭，樂只言笑，就絕不能打動人，因爲言哭言笑還是太抽象。要讀者深刻地感覺到某人在某境中哀如何哀，樂如何樂，就必須把它所件的具體情境烘托出來。因此，言情常須假道於敍事狀物。美學家談表現，以爲情感須與意象融合，就因爲這個道理。《詩經》裡名句「蒹葭蒼蒼，白露爲霜，所謂伊人，在水一方，溯回從之，宛在水中央」所寫的是一些事物，一種情境，而所表現的卻是一種情致。那種情致本身不能直接敍述或描繪，必須藉「蒹葭」、「白露」、「伊人」、「水」這些具體的意象所組成的具體的情境才可表現出來。

在文學所用的四類材料之中，理最爲抽象。它無形無聲無臭亦無味觸，不能由感官直接感觸，只能用理智領悟。純文學必爲具體的有個性的表現，所以想把說理文抬學到純文學的地位，頗不容易。理愈高深就愈抽象，也就愈難爲一般人了解欣賞。像《洪範》、《中庸》、《道德經》、墨子的《經》及《經說》、佛典中的論、康德的《純粹理性批判》、斯賓諾莎的《倫理學》之類典籍陳義非不高深，行文卻極抽象，不免使讀者望而生畏。世間有許多高深的思想都埋沒在艱晦的文字裡，對於文學與文化都是很大的損失。有些思想家知道這一點，雖寫說理文，也極力求其和文學作品一樣具體。古代的柏拉圖和莊子，近代的柏格森和詹姆斯，都是好例。他們通常用兩種方法。一是學例證，拿具體的個別事件說明抽象的普遍原理，有如律師辯護，博引有關事實，使聽者覺其證據確鑿可憑，爲之動聽。一是多用譬喻，理有非直說可明者，即用類似的具體事物來打比。「人相忘乎道術」頗不易懂，「魚相忘乎江湖」卻是衆人皆知。《莊子》多用寓言，寓言多是譬喻。《戰國策》所記載的當時游說之士的言辭，也大半能以譬喻說理見長。最有名的是畫蛇添足、鷸蚌相爭、狐假虎威幾段故事。區區數語在當時外交政治上曾發生極大的影響。戰國時言談的風氣很盛，而譬喻是言談達到目的所必由之徑。劉向《說苑》曾經有這樣一段記載：

梁惠王問惠子曰：「願先生言事則直言耳，無譬也。」惠子曰：「今有人於此而不知彈者。」曰：「彈之狀何若？」應曰：「彈之狀若彈，則喻乎？」王曰：「未喻也。」於是更應曰：「彈之狀如弓而以竹爲弦則知乎？」王曰：「可知矣。」惠子曰：「夫說者固以其所知，喻其所不知，而使人知之。今王曰『無譬』則不可矣。」

這段話可以見出當時譬喻的流行，也把譬喻的道理說得極清楚：「以其所知喻其所不知。」文學要用具體的意象說出抽象的道理，功用也是如此。

從梁惠王不歡喜譬喻這件事實看，我們可以知道譬喻要多說話，儘管是最有效的辦法，卻不是最簡截的辦法。分明只有一個道理，不直接說出，卻要找一個陪襯把它烘托出來，不免是繞彎子。但是人類心智都要由具體達到抽象，這是無可如何的事。

大凡具體的寫法都比抽象的寫法較費筆墨，不獨譬喻如此。抽象的寫法有如記總帳，畫輪廓，懸牌宣布戲單；具體的寫法有如陳列帳上所記的貨物，塡顏色畫出整個形體，生旦淨丑穿上全副戲裝出台扮演。前者雖簡賅而不免空洞，後者有時須不避繁瑣才能生動逼眞。文學在能簡賅而又生動時，取簡賅；在簡賅而不能生動時，則無寧取生動。這個道理我們有一個很好的例子可以說明。《穀梁傳》成公元年有一條記載：

季孫行父禿，晉郤克眇，衛孫良夫跛，曹公子手僂，同時而聘於齊。齊使禿者御禿者，使眇者御眇者，使跛者御跛者，使僂者御僂者。

這段文字的重複是有意的，重複才能著重當時情境的滑稽。劉知幾在《史通》裡嫌它太繁，主張在「齊使禿者御禿者」句下只用「各以其類逆」一句總括其餘。這就是把具體的改成抽象的，雖較簡賅，卻沒有原文的生動和幽默。大約理智勝於想像的人對於文學中畫境和劇情都不很能欣賞，而且嫌它瑣細。這就無異於說他們的文學欣賞力薄弱。

具體的寫法也不一定就要繁瑣。繁簡各有時宜，只要能活躍有生氣，都不失其爲具體。作文如繪畫，有用工筆畫法的，把眼前情景和盤托出，巨細不遺，求於精緻周密處擅長；也有用大筆頭畫法的，寥寥數筆就可以把整個性格或情境暗示出來，使讀者覺得它「言有盡而意無窮」。就常例說，作品的藝術價値愈高，就愈含蓄。含蓄的祕訣在於繁複情境中精選少數最富於個性與暗示性的節目，把它們融化成一完整形象，讓讀者憑這少數節目做想像的踏腳石，低回玩索，舉一反三。著墨愈少，讀者想像的範圍愈大，意味也就愈深永。這道理在第一流史詩、戲劇和小說裡都可以看出。荷馬描寫海倫的美，只敍述特洛伊國一般元老見到她如何驚嘆，是一個最有名的實例。

要寫得具體，也並非堆砌具體意象就可以了事。貌似具體的作品還可以說是太「抽象」，因爲它陳腐、膚泛、空洞。廣告商標的圖畫非無具體意象，可是從藝術眼光看，我們不能說它具體，它千篇一律，沒有個性和生氣。作文使用意象，頗非易事。我們腦中積著許多陳腐詞藻，一動筆就都擁擠上來。一提到美人就是桃面柳眉，一提到變化無常就是浮雲流水、桑田滄海。寫戀愛老是那一套三角場面，寫抗戰老是那一套間諜勾當。這其實和繪廣告商標沒有分別。我們所提倡的「具體」不僅是要用感官所接受的意象，而且是要把這種意象通過創造的想像，熔成一種獨到的新鮮的境界或是一個有特殊生命的性格。情境寫得像《水滸》裡的武松打虎或《史記》裡的鴻門宴，人物寫得像莎士比亞的哈姆雷特或曹雪芹的劉姥姥，我們說那才不愧爲「具體的」。我們在實際生活中所經歷的人物情境還沒有那麼具體，那麼眞實。只就這一個意義說，我們才承認文藝所創造的世界是理想化的世界。

情與辭

一切藝術都是抒情的，都必表現一種心靈上的感觸，顯著的如喜、怒、愛、戀、哀、愁等情緒，微妙的如興奮、頹唐、憂鬱、寧靜以及種種不易名狀的飄來忽去的心境。文學當作一種藝術看，也是如此。不表現任何情致的文字就不算是文學作品。文字有言情、說理、敍事、狀物四大功用，在文學的文字中，無論是說理、敍事、狀物，都必須流露一種情致，若不然，那就成爲枯燥的沒有生趣的日常應用文字，如帳簿、圖表、數理化教科書之類。不過這種界線也很不容易劃清，因爲人是有情感的動物，而情感是容易爲理、事、物所觸動的。許多哲學的、史學的甚至於科學的著作都帶有幾分文學性，就是因爲這個道理。我們不運用言辭則已，一運用言辭，就難免要表現幾分主觀的心理傾向，至少也要有一種「理智的信念」（intellectual conviction），這仍是一種心情。

情感和思想通常被人認爲是對立的兩種心理活動。文字所表現的不是思想，就是情感。其實情感和思想常互相影響，互相融會。除掉驚嘆語和諧聲語之外，情感無法直接表現於文字，都必藉事理物烘托出來，這就是說，都必須化成思想。這道理在中國古代有劉彥和說得最透闢。《文心雕龍》的〈鎔裁〉篇裡有這幾句話：「草創鴻筆，先標三準。履端於始，則設情以位體；舉正於中，則酌事以取類；歸餘於終，則撮辭以舉要。」

用現代話來說，行文有三個步驟，第一步要心中先有一種情致，其次要找出具體的事物可以烘托出這種情致，這就是思想分內的事，最後要找出適當的文辭把這內在的情思化合體表達出來。近代美學家克羅齊的看法恰與劉彥和的一致。文藝先須有要表現的情感，這情感必融會於一種完整的具體意象（劉彥和所謂「事」）即藉那個意象得表現，然後用語言把它記載下來。

我特別提出這一種中外不謀而合的學說來，用意是在著重這三個步驟中的第二個步驟。這是一般人所常忽略的。一般人常以爲由「情」可以直接到「辭」，不想到中間須經過一個「思」的階段，尤其是十九世紀浪漫派理論家主張「文學爲情感的自然流露」，很容易使人發生這種誤解。在這裡我們不妨略談藝術與自然的關係和分別。藝術（art）原義爲「人爲」，自然是不假人爲的；所以藝術與自然處在對立的地位，是自然就不是藝術，是藝術就不是自然。說藝術是「人爲的」，就無異於說它是「創造的」。創造也並非無中生有，它必有所本，自然就是藝術所本。藝術根據自然，加以鎔鑄雕琢，選擇安排，結果乃是一種超自然的世界。換句話說，自然須通過作者的心靈，在裡面經過一番意匠經營，才變成藝術。藝術之所以爲藝術，全在「自然」之上加這一番「人爲」。

這番話並非題外話。我們要了解情與辭的道理，必先了解這一點藝術與自然的道理。情是自然，融情於思，達之於辭，才是文學的藝術。在文學的藝術中，情感須經過意象化和文辭化，才算得到表現。人人都知道文學不能沒有眞正的情感，不過如果只有眞正的情感，還是無濟於事。你和我何嘗沒有過眞正的情感？何嘗不自覺平生經驗有不少的詩和小說的材料？但是詩在哪裡？小說在哪裡？渾身都是情感不能保障一個人成爲文學家，猶如滿山都是大理石不能保障那座山有雕刻，是同樣的道理。

一個作家如果信賴他的生糙的情感，讓它「自然流露」，結果會像一個掘石匠而不能像一個雕刻家。雕刻家的任務在把一塊頑石雕成一個石像，這就是說，給那塊頑石一個完整的形式，一條有靈有肉的生命。文學家對於情感也是如此，英國詩人華玆華斯有一句名言：「詩起於在沈靜中回味過來的情緒。」在沈靜中加過一番回味，情感才由主觀的感觸變成客觀的觀照對象，才能受思想的洗煉與潤色，思想才能爲依稀隱約不易捉摸的情感造出一個完整的可捉摸的形式和生命。這個詩的原理可以應用於一切文學作品。

這一番話是偏就作者自己的情感說。從情感須經過觀照與思索而言，通常所謂「主觀的」就必須化爲「客觀的」，我必須跳開小我的圈套，站在客觀的地位，來觀照我自己，檢討我自己，把我自己的情感思想和行動姿態當作一幅畫或是一幕戲來點染烘托。古人有「痛定思痛」的說法，不只是痛，寫自己的一切的切身經驗都必須從追憶著手，這就是說，都必須把過去的我當作另一個人去看。我們需要客觀的冷靜的態度。明白這個道理，我們也就應該明白在文藝上通常所說的「主觀的」與「客觀的」分別是粗淺的，一切文學創作都必須是「客觀的」，連寫「主觀的經驗」也是如此。

但是一個文學家不應只在寫自傳，獨角演不成戲，雖然寫自傳，他也要寫到旁人，也要表現旁人的內心生活和外表行動。許多大文學家向來不輕易暴露自己，而專寫自身以外的人物，莎士比亞便是著例。形形色色的人物的心理變化在他們手中都可以寫得惟妙惟肖，淋漓盡致。他們所以能做到這一點，因爲他們會設身處地去想像，鑽進所寫人物的心竅，和他們同樣想，同樣感，過同樣的內心生活。寫哈姆雷特，作者自己在想像中就變成哈姆雷特，寫林黛玉，作者自己在想像中也就要變成林黛玉。明白這個道理，我們也就應該明白一切文學創作都必須是「主觀的」，所寫的材料儘管是通常所謂「客觀的」，作者也必須在想像中把它化成親身經驗。

總之，作者對於所要表現的情感，無論是自己的或旁人的，都必須能「入乎其內，出乎其外」，體驗過也觀照過；熱烈地嘗過滋味，也沈靜地回味過，在沈靜中經過回味，情感便受思想鎔鑄，由此附麗到具體的意象，也由此產生傳達的語言（即所謂「辭」），藝術作用就全在這過程上面。

在另一篇文章裡我已討論過情感思想與語文的關係，在這裡我不再作哲理的剖析，只就情與辭在分量上的分配略談一談。就大概說，文學作品可分爲三種：「情盡乎辭」、「情溢乎辭」或是「辭溢乎情」。心裡感覺到十分，口裡也就說出十分，那是「情盡乎辭」；心裡感覺到十分，口裡只說出七八分，那是「情溢乎辭」；心裡只感覺到七八分，口裡卻說出十分，那是「辭溢乎情」。德國哲學家黑格爾曾經指出與此類似的分別，不過他把「情」叫做「精神」，「辭」叫做「物質」。藝術以物質表現精神，物質恰足表現精神的是「古典藝術」，例如希臘雕刻，體膚恰足以表現心靈；精神溢於物質的是「浪漫藝術」，例如中世紀「哥特式」雕刻和建築，熱烈的情感與崇高的希望似乎不能受具體形象的限制，磅礴四射；物質溢乎精神的是「象徵藝術」（黑格爾的「象徵」與法國象徵派詩人所謂「象徵」絕不相同），例如埃及金字塔，以極笨重龐大的物質堆積在那裡，我們只能依稀隱約地見出它所要表現的精神。

黑格爾最推尊古典藝術，就常識說，情盡乎辭也應該是文學的理想。「無情者不得盡其辭」，「和順積中，英華外發」，「修辭立其誠」，我們的古聖古賢也是如此主張。不過概括立論，都難免有毛病。「情溢乎辭」也未嘗沒有它的好處。語文有它的限度，盡情吐露有時不可能，縱使可能，意味也不能很深永。藝術的作用不在陳述而在暗示，古人所謂「言有盡而意無窮」。含蓄不盡，意味才顯得閎深婉約，讀者才可自由地馳騁想像，舉一反三。把所有的話都說盡了，讀者的想像就沒有發揮的機會，雖然「觀止於此」，究竟「不過爾爾」。拿繪畫來打比，描寫人物，用工筆畫法仔細描繪點染，把一切形色，不論巨細，都儘量地和盤托出，結果反不如用大筆頭畫法，寥寥數筆，略現輪廓，更來得生動有趣。畫家和畫匠的分別就在此。畫匠多著筆墨不如畫家少著筆墨，這中間妙訣在選擇與安排之中能以有限寓無限，抓住精要而排去秕糠。黑格爾以爲古典藝術的特色在物質恰足表現精神，其實這要看怎樣解釋，如果當作「情盡乎辭」解，那就顯然不很正確，古典藝術的理想是「節制」（restraint）與「靜穆」（serenity），也著重中國人所說的「弦外之響」，「不著一字，盡得風流」。

在普通情境之下，「辭溢乎情」總不免是一個大毛病，它很容易流於空洞、腐濫、蕪冗。它有些像紙折的花卉，金葉剪成的樓臺，絢爛奪目，卻不能眞正產生一點春意或是富貴氣象。我們看到一大堆漂亮的辭藻，期望在裡面玩味出來和它相稱的情感思想，略經咀嚼，就知道它索然乏味，心裡彷彿覺得受了一回騙，作者原來是一個窮人要擺富貴架子！這個毛病是許多老老少少的人所最容易犯的。許多叫做「辭章」的作品，舊詩賦也好，新「美術文」也好，實在是空無所有。

不過「辭溢乎情」有時也別有勝境。漢魏六朝的駢儷文就大體說，都是「辭溢乎情」。固然也有一派人罵那些作品一文不值，可是眞正愛好文藝而不夾成見的虛心讀者，必能感覺到它們自有一種特殊的風味。我曾平心靜氣地玩味庾子山的賦、溫飛卿的詞、李義山的詩、莎士比亞的悲劇和商籟，彌爾頓的長短詩，以及近代新詩試驗者如斯溫伯恩、馬拉梅和羅威爾諸人的作品，覺得他們的好處有一大半在辭藻的高華與精妙，而裡面所表現的情趣往往卻很普通。這對於我最初是一大疑團，我無法在理論上找到一個圓滿的解釋。我放眼看一看大自然，天上燦爛的繁星，大地在盛夏時所呈現葱蘢的花卉與錦繡的河山，大都會中所鋪陳的高樓大道，紅牆碧瓦，車如流水馬如龍，說它們有所表現固無不可，不當作它們有所表現，我們就不能藉它們娛目賞心嗎？我再看一看藝術，中國古瓷上的花鳥、刺繡上的鳳翅龍鱗，波斯地氈上的以及近代建築上的圖案，貝多芬和瓦格納的交響曲，不也都夠得上說「美麗」，都能令人欣喜？我們欣賞它們所表現的情趣居多呢，還是欣賞它們的形象居多呢？我因而想起，辭藻也可以組成圖案畫和交響曲，也可以和燦爛繁星、青山綠水同樣地供人欣賞。「辭溢乎情」的文章如能做到這地步，我們似也無庸反對。

劉彥和本有「爲情造文」與「爲文造情」的說法，我覺得後起的「因情生文，因文生情」的說法比較圓滿，一般的文字大半「因情生文」，上段所舉的例可以說是「因文生情」。「因情生文」的作品一般人有時可以辨得到，「因文生情」的作品就非極大的藝術家不辦。在平地起樓閣是尋常事，在空中架樓閣就有賴於神斤鬼斧。雖是在空中，它必須是樓閣，是完整的有機體。一般「辭溢乎情」的文章所以要不得，因爲它根本不成爲樓閣。不成爲樓閣而又懸空，想拿旁人的空中樓閣來替自己辯護，那是狂妄愚蠢，爲初學者說法，脚踏實地最穩妥，只求「因情生文」，「情見於辭」，這一步做到了，然後再做高一層的企圖。

想像與寫實

在這些短文裡，我著重學習文學的實際問題，想撇開空泛的理論，不過對於想像與寫實這個理論上的爭執不能不提出一談，因爲它不僅有關於寫作基本態度上的分別，而且涉及對於文藝本質的認識。這個理論上的爭執在十九世紀後期鬧得最劇烈。在十九世紀前期，浪漫主義風靡一時，它反抗前世紀假古典主義過於崇拜理智的傾向，特提出「情感」和「想像」兩大口號，浪漫作者堅信文藝必須表現情感，而表現情感必藉想像。在他們的心目中與想像對立的是理智，是形式邏輯，是現實的限制；想像須超過理智打破形式邏輯與現實的限制，任情感的指使，把現實世界的事理情態看成一個頑皮的孩子的手中的泥土，任他搬弄揉合，造成一種基於現實而又超於現實的意象世界。這意象世界或許是空中樓閣，但空中樓閣也要完整美觀，甚至於比地上樓閣還要更合於情理。這是浪漫作者的信條，在履行信條之中，他們有時不免因走極端而生流弊。比如說，過於信任想像，蔑視事實，就不免讓主觀的成見與幻想作祟，使作品離奇到不近情理，空洞到不切人生。因此到了十九世紀後期，文學界起了一個大反動，繼起的寫實主義咒駡主觀的想像情感，一如從前的浪漫主義咒駡理智和常識。寫實作家的信條在消極方面是不任主觀，不動情感，不憑空想；在積極方面是儘量尋求實際人生經驗，應用自然科學的方法搜集「證據」，寫自己所最清楚的，愈忠實愈好。浪漫派的法寶是想像，畢生未見大海的人可以歌詠大海；寫實派的法寶是經驗，要寫非洲的故事便須背起行囊親自到非洲去觀察。

這顯然是寫作態度上一個基本的分別。在談寫作練習時我曾經說過初學者須認淸自己知解的限度，與其在浪漫派作家所謂「想像」上做功夫，不如在寫實派作家所謂「證據」上做功夫，多增加生活經驗，把那限度逐漸擴大。不過這只是就寫作訓練來說，如果就文藝本質作無偏無頗的探討，我們應該知道，凡是眞正的文藝作品都必同時是寫實的與想像的。想像與寫實相需為用，並行不悖，並不如一般人所想像的那樣絕對相反。理由很簡單，凡是藝術創造都是舊經驗的新綜合。經驗是材料，綜合是藝術的運用。惟其是舊經驗，所以讀者可各憑經驗去了解；惟其是新綜合，所以見出藝術的創造，每個作家的特殊心裁。所謂「寫實」就是根據經驗，所謂「想像」就是集舊經驗加以新綜合（想像就是「綜合」或「整理」）。想像絕不能不根據經驗，神鬼和天堂地獄雖然都是想像的，可也是都根據人和現世想像出來的，神鬼都像人一樣有四肢五官，能思想行動，天堂和地獄都像現世一樣有時間空間和擺布在時空中的事事物物，如宮殿樓閣飲食男女之類。一切藝術的想像都可以作如是觀。至於經驗——寫實派所謂「證據」——本身不能成為藝術，它必須透過作者的頭腦，在那裡引起一番意匠經營，一番選擇與安排，一番想像，然後才能產生作品。任何作品所寫的經驗絕不能與未寫以前的實際經驗完全一致，如同食物下了咽喉未經消化就排泄出來一樣。食物如果要成爲生命素，必經消化；人生經驗如果要形成藝術作品，必經心靈鎔鑄。從藝術觀點看，這鎔鑄的功夫比經驗還更重要千百倍，因爲經驗人人都有，卻不是每個人都能表現他的經驗成爲藝術家。許多只信「證據」而不信「想像」的人爲著要產生作品，鑽進許多偏僻的角落裡討實際生活，實際生活算是討到手了，作品仍是杳無踪影；這正如許多書蠹讀過成千成萬卷的書，自己卻無能力寫出一本夠得上稱爲文藝作品的書，是同一道理。

極端的寫實主義者對於「寫實」還另有一個過激的看法，寫實不僅根據人生經驗，而且要忠實地保存人生經驗的本來面目，不許主觀的想像去矯揉造作。據我們所知，寫實派大師像福樓拜、屠格涅夫諸人並不曾實踐這種理論。但是有一班第三四流寫實派作家往往拿這種理論去維護他們的藝術失敗。他們的影響在中國文藝界似開始流毒。「報告文學」作品有許多都很蕪雜零亂，沒有藝術性。我們首先要明白的是寫實派所謂「實」。文藝作品應該富於「眞實感」，「對自然眞實」，或是「對人生眞實」，這都是沒有問題的；問題在「什麼叫做眞實」，這是一個哲學上的問題，這裡不能詳談，我們只能說，判斷任何事物是否眞實，須有一個立場。從某一個立場看一件事物是眞實的，從另一個立場看它，可能是不眞實。這就是說，世間並不只有一種眞實。概略地說，眞實有三種，大家所常認得的是「歷史的眞實」，這也可以叫做「現象的眞實」。比如說，「中國在亞洲」，「秦始皇焚書坑儒」，「張三昨天和他的太太吵了一架」，「李四今天跌了一跤」，這些都是曾經在自然界發生過的現象，在歷史上是眞實的。其次是「邏輯的眞實」，比如說，「凡人皆有死」，「勾方加股方等於弦方」，「白馬之白猶白玉之白」，「自由意志論與命定論不能並存」，這些都是於理爲必然的事實，經過邏輯思考而證其爲眞實的。現象的眞實不必合於邏輯的眞實，比如現象界並無絕對的圓，而絕對的圓在邏輯上仍有他的眞實性。第三就是「詩的眞實」或「藝術的眞實」。在一個作品以內，所有的人物內心生活與外表行動都寫得盡情盡理，首尾融貫整一，成爲一種獨立自足的世界，一種生命與形體諧和一致的有機體，那個作品和它裡面所包括的一切就有「詩的眞實」。比如說，在《紅樓夢》那圈套裡，賈寶玉應該那樣癡情，林黛玉應該那樣心窄，薛寶釵應該那樣圓通，在任何場合，他們一舉一動，一言一笑，都切合他們的身分，表現他們的性格，叫我們驚疑他們「眞實」，雖然這一切在歷史上都是子虛烏有。

極端的寫實派的錯誤在只求歷史的或現象的眞實，而忽視詩的眞實。藝術作品不能不有幾分歷史的眞實，因爲它多少要有實際經驗上的根據；它卻也不能只有歷史的眞實，因爲它是藝術，而藝術必於「自然」之上加以「人爲」，不僅如照像底片那樣呆板地反映人物形象。藝術創造是舊經驗的新綜合。舊經驗在歷史上是眞實的，新綜合卻必須在詩上是眞實的。要審問一件事物在歷史上是否眞實，我們問：它是否發生過？有無事實證明？要審問一件事物在詩上是否眞實，我們問：衡情度理，它是否應該如此？在完整體系（即作品）以內，它與全部是否融貫一致？不消說得，就藝術觀點來說，最重要的眞實是詩的眞實而不是歷史的眞實；因爲世間一切已然現象都有歷史的眞實，而詩的眞實只有在藝術作品中才有，一件作品在具有詩的眞實時才能成其爲藝術。

我們還可以進一步說，詩的眞實高於歷史的眞實。自然界無數事物並存交錯，繁複零亂，其中儘管有關係條理，卻忽起忽沒，若隱若現，有時現首不現尾，有時現尾不現首，我們一眼看去，無從把某一事物的來踪去向從繁複事態中單提出來，把它看成一個融貫整一的有機體。文藝作品都有一個「母題」或一個主旨，一切人物故事，情感動作，都以這主旨爲中心，可以附麗到這主旨上去的攝取來，一切無關主旨的都排棄去，而且在攝取的材料之中輕重濃淡又各隨班就位，所以關係條理不但比較明顯，也比較緊湊，沒有自然現象所常呈現的顚倒錯亂，也沒有所謂「偶然」。自然界現象只是「如此如此」，而文藝作品所寫的事變則在接受了一些假定的條件之下，雨一樣都是「必須如此如此」。比如拿人物來說，文學家所創造的角色如哈姆雷特、夏洛克、達爾杜弗、卡拉馬佐夫、魯智深、劉姥姥、嚴貢生之類，比我們在實際生活中的常遇見的類似的典型人物還更入情入理。我們指不出某一個人恰恰是夏洛克或劉姥姥，但是覺得世間有許多人都有幾分像他們。根據這個事實去想，我們可以見出詩的眞實高於歷史的眞實是顚仆不破的至理。亞理斯多德說：「詩比歷史更富於哲理」，意思也就在此。詩的眞實所以高於歷史的眞實者，因爲自然現象界是未經發掘的礦坑，文藝所創造的世界是提煉過的不存一點渣滓的赤金純鋼。藝術的功夫就在這種提煉上見出，它就是我們所說的「想像」。

中國文學理論家向重「境界」二字，王靜安在《人間詞話》裡提出「造境」和「寫境」的分別，以爲「造境」即「理想」（即「想像」），「寫境」即「寫實」，並加以補充說：「二者頗難分別，因大詩人所造之境必合乎自然，所寫之境亦必鄰於理想。」這話很精妙，其實充類至盡，寫境仍是造境，文藝都離不掉自然，也都離不掉想像，寫實與想像的分別終究是一庸俗的分別。文藝的難事在造境，凡是人物性格事變原委等等都要藉境界才能顯出。境界就是情景交融事理相契的獨立自足的世界，它的眞實性就在它的融貫整一，它的完美。「完」與「美」是不能分開的，這世界當然要反映人生自然，但是也必須是人生自然經過重新整理。大約文藝家對於人生自然必須經過三種階段。頭一層他必須跳進裡面去生活過（live），才能透懂其中甘苦；其次他必須跳到外面觀照過（contemplate），才能認淸它的形象，經過這樣的主觀的嘗受和客觀的玩索以後，他最後必須把自己所得到的印象加以整理（organize），整理之後，生糙的人生自然才變成藝術的融貫整一的境界。寫實主義所側重的是第一階段，理想主義所側重的是第三階段，其實這三個階段都是不可偏廢的。

精進的程序

文學是一種很艱難的藝術，從初學到成家，中間須經過若干步驟，學者必須循序漸進，不可一蹴而就。拿一個比較淺而易見的比喻來講，作文有如寫字。在初學時，筆拿不穩，手腕運用不能自如，所以結體不能端正勻稱，用筆不能平實遒勁，字常是歪的，筆鋒常是笨拙扭曲的。這可以說是「疵境」。特色是駁染不穩，縱然一幅之內間或有一兩個字寫得好，一個字之內間或有一兩筆寫得好，但就全體看去，毛病很多。每個人寫字都不免要經過這個階段。如果他略有天資，用力勤，多看碑帖筆迹（多臨摹，多向專家請教），他對於結體用筆，分行布白，可以學得一些規模法度，手腕運用的比較靈活了，就可以寫出無大毛病、看得過去的字。這可以說是「穩境」，特色是平正工穩，合於規模法度，卻沒有什麼精彩，沒有什麼獨創。多數人不把書法當作一種藝術去研究，只把它當作日常應用的工具，就可以到此為止。如果想再進一步，就須再加揣摩，眞草隸篆各體都須嘗試一下，各時代的碑版帖札須多讀多臨，然後薈萃各家各體的長處，造成自家所特有的風格，寫成的字可以算得藝術作品，或奇或正，或瘦或肥，都可以說得上「美」。這可以說是「醇境」，特色是凝煉典雅，極人工之能事，包世臣和康有為所稱的「能品」、「佳品」都屬於這一境。但是這仍不是極境，因為它還不能完全脫離「匠」的範圍，任何人只要一下功夫，到功夫成熟了，都可以達到。最高的是「化境」，不但字的藝術成熟了，而且胸襟學問的修養也成熟了，成熟的藝術修養與成熟的胸襟學問的修養融成一片，於是字不但可以見出馴熟的手腕，還可以表現高超的人格；悲歡離合的情調，山川風雲的姿態，哲學宗教的蘊藉，都可以在無形中流露於字裡行間，增加字的韻味。這是包世臣和康有為所稱的「神品」、「妙品」，這種極境只有極少數幸運者才能達到。

作文正如寫字。用字像用筆，造句像結體，布局像分行布白。習作就是臨摹，讀前人的作品有如看碑帖墨迹，進益的程序也可以分「疵」、「穩」、「醇」、「化」四境。這中間有天資和人力兩個要素，有不能純藉天資達到的，也有不能純藉人力達到的。人力不可少，否則始終不能達到「穩境」和「醇境」；天資更不可少，否則達到「穩境」和「醇境」有緩有速，「化境」卻永遠無法望塵。在「穩境」和「醇境」，我們可以純粹就藝術而言藝術，可以藉規模法度作前進的導引；在「化境」，我們就要超出藝術範圍而推廣到整個人的人格以至整個的宇宙，規模法度有時失其約束的作用，自然和藝術的對峙也不存在。如果舉實例來說，在中國文字中，言情文如屈原的〈離騷〉，陶淵明和杜工部的詩，說理文如莊子的〈逍遙遊〉、〈齊物論〉和《楞嚴經》，記事文如太史公的〈項羽本紀〉、〈貨殖傳〉和《紅樓夢》之類作品都可以說是到了「化境」，其餘許多名家大半止於「醇境」或是介于「化境」與「醇境」之間，至於「穩境」和「疵境」都無用舉例，你我就大概都在這兩個境界中徘徊。

一個人到了藝術較高的境界，關於藝術的原理法則無用說也無可說；有可說而且需要說的是在「疵境」與「穩境」。從前古文家有奉「義法」為金科玉律的，也有攻擊「義法」論調的。在我個人看，拿「義法」來繩「化境」的文字，固近於癡人說夢；如果以爲學文藝始終可以不講「義法」，就未免更誤事。記得我有一次和沈尹默先生談寫字，他說：「書家和善書講者有分別，世間儘管有人不講規模法度而仍善書，但是沒有規模法度就不能成爲一個眞正的書家。」沈先生自己是「書家」，站在書家的立場他擁護規模法度，可是仍爲「善書者」留餘地，許他們不要規模法度。這是他的禮貌。我很懷疑「善書者」可以不經過揣摩規模法度的階段。我個人有一個苦痛的經驗。我雖然沒有正式下功夫寫過字，可是二三十年來沒有一天不在執筆亂寫，我原來也相信此事可以全憑自己的心裁，蘇東坡所謂「我書意造本無法」，但是於今我正式留意書法，才覺得自己的字太惡劣，寫過幾十年的字，一橫還拖不平，一豎還拉不直，還是未脫「疵境」。我的病根就在從頭就沒有講一點規模法度，努力把一個字寫得四平八穩。我誤在忽視基本功夫，只求要一點聰明，賣弄一點筆姿，流露一點風趣。我現在才覺悟「穩境」雖平淡無奇，卻極不易做到，而且不經過「穩境」，較高的境界便無從達到。文章的道理也是如此，韓昌黎所謂「醇而後肆」是作文必循的程序。由「疵境」到「穩境」那一個階段最需要下功夫學規模法度，小心謹愼地把字用得恰當，把句造得通順，把層次安排的妥貼，我作文比寫字所受的訓練較結實，至今我還在基本功夫上著意，除非精力不濟，注意力鬆懈時，我必盡力求穩。

穩不能離規模法度、這可分兩層說，一是抽象的，一是具體的。抽象的是文法、邏輯以及古文家所謂「義法」，西方人所謂文學理論和文學批評。在這上面再加上一點心理學和修辭學常識，就可以對付了。抽象的原則和理論本身並沒有多大的功用，它的唯一的功用在幫助我們分析和了解作品。具體的規模法度須在模範作品中去找。文法、邏輯、義法等等在具體實例中揣摩，也比較更彰明較著。從前人說：「熟讀唐詩三百首，不會吟詩也會吟」，語調雖卑，卻是經驗之談。爲初學說法，模範作品在精不在多，精選熟讀透懂，短文數十篇，長著三數種，便已可以作爲達到「穩境」的基礎。讀每篇文字須在命意、用字、造句和布局各方面揣摩；字、句、局三項都有聲義兩方面，義固重要，聲音節奏更不可忽略。既叫做模範，自己下筆時就要如寫字臨帖一樣，亦步亦趨地模仿它。我們不必唱高調輕視模仿，古今大藝術家，據我所知，沒有不經過一個模仿階段的。第一步模仿，可得規模法度，第二步才能集合諸家的長處，加以變化，造成自家所特有的風格。

練習作文，一要不怕模仿，二要不怕修改。多修改，思致愈深入，下筆愈穩妥。自己能看出自己的毛病才算有進步。嚴格地說，自己要說的話是否從心所欲地說出，只有自己知道，如果有毛病，也只有自己知道最清楚，所以文章請旁人修改不是一件很合理的事。丁敬禮向曹子建說：「文之佳惡，吾自得之，後世誰相知定吾文者耶？」杜工部也說：「文章千古事，得失寸心知。」大約文章要做得好，必須經過一番只有自己知道的辛苦，同時必有極謹嚴的藝術良心，肯嚴厲地批評自己，雖微疵小失，不肯輕易放過，須把它修到無疵可指，才能安心。不過這番話對於未脫「疵境」的作者恐未免是高調。據我的觀察，寫作訓練欠缺者通常有兩種毛病：第一是對於命意用字造句布局沒有經驗，規模法度不清楚，自己的毛病自己不能看出，明明是不通不妥，自己卻以爲通妥；其次是容易受虛榮心和興奮熱烈時的幻覺支配，對自己不能作客觀的冷靜批評，彷彿以爲在寫的時候既很興高采烈，那作品就一定是傑作，足以自豪。只有良師益友，才可以醫治這兩種毛病。所以初學作文的人最好能虛心接受旁人的批評，多請比自己高明的人修改。如果修改的人肯仔細指出毛病，說出應修改的理由，那就可以產生更大的益處。作文如寫字，養成純正的手法不易，丟開惡劣的手法更難。孤陋寡聞的人往往辛苦半生，沒有摸上正路，到發現自己所走的路不對時，已悔之太晚，想把「先入爲主」的惡習丟開，比走回頭路還更難更冤枉。良師益友可以及早指點迷途，引上最平正的路，免得浪費精力。

自己須經過一番揣摩，同時又須有師友指導，一個作者才可以逐漸由「疵境」達到「穩境」。「穩境」是不易達到的境界，卻也是平庸的境界。我認識許多前一輩子的人，幼年經過科舉的訓練，後來藉文字「混差事」，對於詩文字畫，件件都會，件件都很平穩，可是老是那樣四平八穩，沒有一點精彩，不是「庸」，就是「俗」，雖是天天在弄那些玩藝，卻到老沒有進步。他們的毛病在成立了一種定型，便老守著那種定型，不求變化。一穩就定，一定就一成不變，由熟以至於濫，至於滑。要想免去這些毛病，必須由穩境重新嘗試另一風格。如果太熟，無妨學生硬；如果太平易，無妨學艱深；如果太偏於陰柔，無妨學陽剛。在這樣變化已成風格時，我們很可能地回到另一種「疵境」，再由這種「疵境」進到「熟境」，如此輾轉下去，境界才能逐漸擴大，技巧才能逐漸成熟，所謂「醇境」大半都須經過這種「精鋼百煉」的功夫才能達到。比如寫字，入手習帖的人易於達到「穩境」，可是不易達到很高的境界。穩之後改習唐碑可以更穩，再陸續揣摩六朝碑版和漢隸秦篆以至於金文甲骨文，如果天資人才都沒有欠缺，就必定有「大成」的一日。

這一切都是「匠」的範圍以內的事，西文所謂「手藝」（craftsmanship）。要達到只有大藝術家所能達到的「化境」，那就還要在人品學問各方面另下一套更重要的功夫。我已經說過，這是不能談而且也無用談的。本文只為初學說法，所以陳義不高，只勸人從基本功夫下手，腳踏實地循序漸進地做下去。

談翻譯

在現代研究文學，不精通一兩種外國文是一個大缺陷。儘管過去的中國文學如何優美，如果我們坐井觀天，以爲天下之美盡在此，我們就難免對本國文學也不能儘量了解欣賞。美醜起於比較，比較資料不夠，結論就難正確。純正的文學趣味起於深廣的觀照，不能見得廣，就不能見得深。現在還有一批人盲目地頌揚中國文學，盲目地鄙棄外國文學，這對於中國文學的發展實在是一個大障礙。我們承認中國文學有很多優點，但是不敢承認文學所可有的優點都爲中國文學所具備。單拿戲劇小說來說，我們的成就比起西方的實在是很幼稚。至於詩，我們也只在短詩方面擅長，長詩根本就沒有。再談到文學研究，沒有一個重要的作家的生平有一部詳細而且精確的傳記可參考，沒有一部重要作品曾經被人作過有系統的研究和分析，沒有一部完整而有見解的文學史，除《文心雕龍》以外，沒有一部哲學觀點或科學方法的文學理論書籍。我們以往偏在注疏評點上做功夫，不失之支離破碎，便失之陳腐淺陋。我們需要放寬眼界，多吸收一點新的力量，讓我們感發興起。最好我們學文學的人都能精通一兩種外國文，直接閱讀外國文學名著。爲多數人設想，這一層或不易辦到，不得已而思其次，我們必須作大規模的有系統的翻譯。

談到翻譯這並不是一件易事，據我個人的經驗，譯一本書比自己寫一本書要難的多。要譯一本書，起碼要把那本書懂得透徹。這不僅要懂文學，還須看懂文學後面的情理韻味。一般人說，學外國文只要有閱讀的能力就夠了，彷彿以爲這並不很難。其實閱讀就是一個難關。許多大學外文系教授翻譯的書仍不免錯誤百出，足見他們對於外國文閱讀的能力還不夠。我們常易過於自信，取一部外國文學作品從頭讀到尾，便滿以爲自己完全了解。可是到動手譯它時，便發現許多自以爲了解的地方還沒有了解或是誤解。迅速的閱讀使我們無形中自己欺騙自己。因此，翻譯是學習外國文的一個最有效的方法。它可以訓練我們細心，增加我們對於語文的敏感，使我們透徹地了解原文，文學作品的精妙大半在語文的運用，對語文不肯仔細推敲斟酌，只抱著「好讀書不求甚解」的態度，就只能得到一個粗枝大葉，絕不能了解文學作品的精妙。

閱讀已是一個難關，翻譯在這上面又加上一個更大的難關，就是找恰當的中文字句把原文的意思表達出來。閱讀只要精通西文，翻譯於精通西文以外，又要精通中文。許多精通西文而不精通中文的人所譯的書籍往往比原文還更難懂，這就未免失去翻譯的意義。

嚴又陵以爲譯事三難：信，達，雅。其實歸根到底，「信」字最不容易辦到。原文「達」而「雅」，譯文不「達」不「雅」，那還是不「信」；如果原文不「達」不「雅」，譯文「達」而「雅」，過猶不及，那也還是不「信」。所謂「信」是對原文忠實，恰如其分地把它的意思用中文表達出來。有文學價值的作品必是完整的有機體，情感思想和語文風格必融爲一體，聲音與意義也必欣合無間。所以對原文忠實，不僅是對浮面的字義忠實，對情感、思想、風格、聲音節奏等必同時忠實。稍有翻譯經驗的人都知道這是極難的事。有些文學作品根本不可翻譯，尤其是詩（說詩可翻譯的人大概不懂得詩）。大部分文學作品雖可翻譯，譯文也只能得原文的近似。絕對的「信」只是一個理想，事實上很不易做到。但是我們必求儘量符合這個理想，在可能範圍之內不應該疏忽苟且。

「信」最難，原因甚多。頭一層是字義難徹底了解。字有種種不同方式的意義，一般人翻字典看書譯書，大半只看到字的一種意義，可以叫做直指的或字典的意義（indicative or dictionary meaning）。比如指「火」的實物那一個名謂字，在中西各國文字雖各不相同，而所指的卻是同一實物，這就是古字典上所規定的。這種文字最基本的意義，最普遍也最粗淺。它最普遍，因爲任何人對於它有大致相同的了解。它也最粗淺，因爲它用得太久，好比舊銅錢，磨得光滑破爛，雖然還可用來在市場上打交易，事實上已沒有一點個性。在文學作品裡，每個字須有它的個性，它的特殊生命。所以文學家或是避免熟爛的字，或是雖用它而卻設法灌輸一種新生命給它。一個字所結的鄰家不同，意義也就不同。比如「步出城東門，遙望江南路，前日風雪中，故人從此去」和「駿馬秋風冀北，杏花春雨江南」兩詩中同有「江南」，而前詩的「江南」含有惜別的淒涼意味，後詩的「江南」卻含有風光清麗的意味。其次，一個字所占的位置不同，意義也就不同。比如杜甫的名句：「香稻啄殘鸚鵡粒，碧梧棲老鳳凰枝」，有人疑這話不通，說應改爲「鸚鵡啄殘香稻粒，鳳凰棲老碧梧枝」。其實這兩種說法意義本不相同。杜句著重點在「香稻」和「碧梧」（香稻是鸚鵡啄殘的那一粒，碧梧是鳳凰棲老的那一枝），改句著重點在「鸚鵡」和「鳳凰」（鸚鵡啄殘了香稻粒，鳳凰棲老了碧梧枝），杜甫也並非倒裝出奇，他當時所詠的主體原是香稻碧梧，而不是鸚鵡鳳凰。這種依鄰伴不同和位置不同而得的意義在文學上最爲重要，可以叫做上下文決定的意義（contexual meaning）。這種意義在字典中不一定尋得出，我們必須玩索上下文才能明瞭。一個人如果沒有文學修養而又粗心，對於文字的這一種意義也難懂得透徹。

此外文字還有另一種意義，每個字在一國語文中都有很長久的歷史，在歷史過程中，它和許多事物情境發生聯想，和那一國的人民生活狀態打成一片，它有一種特殊的情感氛圍。各國各地的事物情境和人民生活狀態不同，同指一事物的字所引起的聯想和所打動的情趣也就不同。比如英文中 fire sea, Roland, castle, sport, shepherd, nightingale, rose 之類字對於英國人所引起心理反應和對於我們中國人所引起的心理反應大有分別。它們對於英國人意義較爲豐富。同理，中文中「風」、「月」、「江」、「湖」、「梅」、「菊」、「燕」、「碑」、「笛」、「僧」、「隱逸」、「禮」、「陰陽」之類字對於我們所引起的聯想和情趣也決不是西方人所能完全了解的。這可以叫做「聯想的意義」（associative meaning），它帶有特殊的情感和氛圍，甚深廣而微妙，字典中無從找出，對文學卻極要緊。如果我們不熟悉一國的人情風俗和文化歷史背景，對於文字的這種意義也就茫然，尤其在翻譯時，這一種字義最不易應付。有時根本沒有相當的字，比如外國文中沒有一個字恰當於我們的「禮」，中文沒有一個字恰當於英文的「gentleman」。有時表面上雖有相當的字，而這字在兩國文字中情感氛圍，聯想不同。比如我們儘管以「海」譯「sea」或是以「willow」譯「柳」，所譯的只是字典的直指的意義，「sea」字在英文中，「柳」字在中文中的特殊情感氛圍則無從譯出。

外國文學最難了解和翻譯的第一是聯想的意義，其次就是聲音美。字有聲有義，一般人把音義分作兩件事，以爲它們各不相關。在近代西方，詩應重音抑應重義的問題爭論得很劇烈。「純詩」派以爲意義打動理想，聲音直接打動感官，詩應該逼近音樂，力求聲音和美，至於意義則無關宏旨。反對這一說的人則以爲詩根本不是音樂，我們絕不能爲聲音而犧牲意義。其實這種爭執起於誤解語言的性質。語言都必有意義，而語言的聲音不同，效果不同，則意義就不免有分別。換句話說，聲音多少可以影響意義。舉一個簡單的例來說，「他又來了」和「他來了又去了」兩句話中都用「又」字，因爲腔調著重點不同，上句的「又」字和下句的「又」字在意義上就微有區別。做詩塡詞的人都知道一個字的平仄不同，開齊合撮不同，發音的器官不同，在效果上往往懸殊很大。散文對於聲音雖沒有詩講究得那麼精微，卻也不能抹煞，中西文字在聲音上懸殊很大，最顯著的是中文有，而西文沒有四聲的分別，中文字盡單音，西文字多複音；中文多諧聲字，西文少諧聲字。因此，無論是以中文譯西文或是以西文譯中文，遇著聲音上的微妙處，我們都不免束手無策。原文句子的聲音很幽美，譯文常不免佶倔聱牙；原文意味深長，譯文常不免索然無味。文字傳神，大半要靠聲音節奏。聲音節奏是情感風趣最直接的表現。對於文學作品無論是閱讀或是翻譯，如果沒有抓住它的聲音節奏，就不免把它的精華完全失去。但是抓住聲音節奏是一件極難的事。

以上是文字的四種最重要的意義，此外還有兩種次要的，第一種是「歷史沿革的意義」（historic meaning）。字有歷史，即有生長變遷。中國文言和白話在用字上分別很大，閱讀古書需要特殊的訓練，西文因爲語文接近，文字變遷得更快。四百年前（略當於晚明）的文字已古奧不易讀，就是十八世紀的文字距今雖只一百餘年，如果完全用現行字義去解，也往往陷於誤謬。西方字典學比較發達，某字從某時代變更意義或新起一意義，常有例證可考。如果對文字沿革略有基礎而又肯勤翻詳載字源的字典，這一層困難就可以免除。許多譯者在這方面不注意，所以翻譯較古的書常發生錯誤。

其次，文字是有生命的東西，有時歡喜開一點玩笑，耍一點花槍。離奇的比譬可以使一個字的引伸義與原義貌不相關，某一行業的隱語可以變成各階級的普通話，文字遊戲可以使兩個本不相關而只有一點可笑的類似點的字湊合在一起，一種偶然的使用可以變成一個典故，如此等類的情境所造成的文字的特殊意義可以叫做「習慣語的意義」（idiomatic meaning）。普通所謂「土語」（slang）也可以納於這一類。這一類字義對於初學是一個大難關。了解既不易，翻譯更難。英文的習慣語和土語勉强用英文來解釋，還不免失去原有的意味；如果用中文來譯，除非是有恰巧相當的陳語，意味更索然了。

從事翻譯者必須明瞭文字意義有以上幾種分別，遇到一部作品，須揣摩那裡所用的文字是否有特殊的時代、區域或階級上的習慣，特殊的聯想和情感氛圍，上下文所烘托成的特殊「陰影」（nuance），要把它們所有的可能的意義都咀嚼出來，然後才算透懂那部作品，這不是易事，它需要很長久的文字訓練和文學修養。看書和譯書都必有勤翻字典的習慣，可是根底不夠的人完全信任字典，也難免誤事，他只能得一知半解，文字的精妙處實無從領會。一般英漢字典尤其不可靠，因爲編譯者大半並不精通外國文，有時轉抄日譯，以訛傳訛。普通這一類字典每頁上難免有幾個錯誤或不精確處。單舉一兩個極普通的字來說，在中國一般學生心裡，pride只是「驕傲」，envy只是「妒忌」，satisfactory只是「滿意」。其實「驕傲」和「妒忌」在中文裡含義都不很好，而pride「尊榮心」和envy「欣羨」在英文裡卻有很好的意義，至於satisfactory所「滿」的並不一定是「意」，通常只應譯爲「圓滿」。這種不正確的知解都是中了壞字典的毒。

上文只就文字的意義來說，困難已經夠多了，如果我們進一步研究語句的組織，又可發現其他更大的困難。拿中文和西文來比較，語句組織上的懸殊很大。先說文法。中文也並非沒有文法，只是中文的彈性比較大，許多虛字可用可不用，字與詞的位置有時可隨意顚倒沒有西文法那麼謹嚴。因此，意思有時不免含糊，雖然它可以做得很簡煉。其次，中文少用複句和插句，往往一義自成一句，特點在簡單明瞭，但是沒有西文那樣能隨情思曲折、變化而現出輕重疾徐，有時不免失之鬆散平滑。總之，中文以簡煉直截見長，西文以繁複綿密見長，西文一長句所含包的意思用中文來表達，往往需要幾個單句才行。這對於閱讀比較費力。初學西文者看見一長句中包含許多短句或子句，一意未完又插入另一意，一個曲折之後又一個曲折，不免覺得置身五里霧中，一切都朦朧幻變，捉摸不住。其實西文語句組織儘管如何繁複曲折，文法必定有線索可尋，把文法一分析，一切都瞭如指掌。所以中國人學西文必須熟悉文法，常作分析句子的練習，使一字一句在文法上都有著落，意義就自然醒豁了。這並非難事，只要下過一兩年切實仔細的工夫就可以辦到。翻譯上的錯誤不外兩種：不是上文所說的字義的誤解，就是語句的文法組織沒有弄清楚。這兩種錯誤第一種比較難免，因爲文字意義的徹底了解需要長久的深廣的修養，多讀書，多寫作，多思考，才可以達到；至於語句文法組織只有一種規律可循，只要找一部較可靠的文法把它懂透記熟，一切就可迎刃而解。所以翻譯在文法組織上的錯誤是不可原恕的，但是最常見的錯誤也起於文法上的忽略。

語句文法組織的難倒不在了解而在翻譯，在以簡單的中文語句來譯繁複的西文語句。這種困難的原因很多，姑舉幾個實例來說明：

1. But my pride was soon humbled, and a sober melancholy was spread over my mind, by the idea that I had taken an everlasting leave of an old and agreeable companion; and that, whatsoever might be the future date of my History, the life of the historian must be short and precarious. —E. Gibbon.

2. This is why those periods have been so exceptional in history in which men who differed from the holders of power have been per-

mitted, in an atmosphere of reasoned calm, to prove the validity of the insight they claim. —H. Laski.

3. All the loneliness of humanity amid hostile forces is concentrated upon the individual soul, which must struggle alone, with what of courage it can command, against the whole weight of a universe that cares nothing for its hopes and fears. —B. Russell.

這三句文字並不算很難，我叫學生試譯，意思譯對的不多，譯文順暢可讀的更少。我自己試譯，譯文讀起來也不很順口，至於原文的風味更減色不少：

㈠但是我的自豪不久就降下去，一陣清愁在（我的）心頭展開，想到我已經和一個愉快的老伴侶告永別；並且想到將來我的史書流傳的日子無論多麼久，作史者的生命卻是短促而渺茫的。

㈡因此，人們和掌權者持異見時，還被允許（可以）在心平氣和的空氣中證明他們所自以為有的眞知灼見是對的，這種時會在歷史上很不多見。

㈢人類在各種對敵的（自然）勢力之中所感受的寂寞都集中在各個人

的心靈上，這各種人的心靈不得不憑它以能鼓起的勇氣，孤獨地奮鬥，去撐持宇宙的全副重壓，那宇宙對於它（各個人的心靈）的希冀和恐懼是漠不關心的。

我們感覺的困難有幾種。頭一種是複句。中文裡不常用關係代名詞和聯接詞（relative pronouns and conjunctions）如 which, that, whose, where, when 之類，所以複句少。我們遇著用關係代名詞和聯接詞很多的複句，翻譯起來就感到棘手。比如第一例的 by the idea that and that 第二例的 why, in which, who 第三例的 which, that 都很難直譯。第一例只好把 by the idea that 譯成「想到」。第三例 why 前後文本是一氣，譯文只好把它譯成有停頓的子句「因此」，in which 一個插句只好和主句 those periods——分開，把主句移置於全句尾。這樣譯，可以避免冗長笨重的句子如：

這就是爲什麼那些時期在歷史上很是例外，當其中人們和掌權者持異見還被允許……

但是第三例中兩個代名詞 which 和 that 就無法直譯。which 本是代前面的「這各個人的心靈」，中文沒有相當的代名詞，只好把「這各個人的心靈」複述一遍，that 代前面的「宇宙」也是如此。這樣一來，原文一個複句便變成三個單句。它的綿密組織和抑揚頓挫的節奏因此就不能保存了。總之關係代名詞和聯接詞所造成的複句在西文裡很自然，在中文裡很不自然，譯西文複句時常須把它化成單句，雖然略可傳達原文的意思，卻難保存原文的風味。如果不把它化成單句，讀起來就很不順口，意思既曖昧，風味更不能保存。

其次，我感覺的困難是被動語氣（passive voice）。被動語氣在西文裡用得很多，在中文裡卻不常見，依中文習慣，在應該用被動語氣時，我們仍用主動語氣。例如：

他挨打了（他被打了。）

祕密讓人發現了（祕密被發現了。）

房子給火燒了（房子被火燒了。）

碗打破了（碗被打破了。）

他不爲人所了解（他不被了解。）

孟子不列於學官（孟子不被列於學官。）

如此等例不可勝舉。在翻譯時，如果遇到被動語氣，就很難保存。例如：

It is said that his book has been published.

一句英文，依被動口氣，應該譯爲：

那是被說過，他的書已被發行了。

但是依中文習慣，它應該譯爲：

據說，他的書已發行了。

上面引的Gibbon，「自傳」裡一段文字只是一個用被動語氣的長句，可分析爲下式：

My pride was humbled
a sober melancholy was spread } ....by the idea that...
and that........

如果勉强保持原文被動語氣，那就成爲：

但是我的自豪不久就被我已知一個愉快的老伴侶永別那一個念頭，和我的史書將來流傳的日子無論多麼久，而作史者的生命卻是短促而渺茫的那一個念頭所降伏下去了；而且一陣清愁也被這兩個念頭散布在我的心頭。

一般初學者大半這樣生吞活剝地翻譯，但是這句話是多麼笨重！爲求適合中文習慣使語氣順暢起見，被動語氣改譯爲主動語氣較爲方便。但是西文的被動語氣有它的委婉曲折，譯爲主動語氣，就難保存。比如上文所引的 Laski 一句中的 Men... have been permitted 依英文被動語氣應譯爲「人們被允許」，依中文習慣應譯爲「人們可以」；「被允許」和「可以」究竟有一點差別。

第三，原文和譯文在繁簡上有分別，有時原文簡而明；有時原文字多才合文法。譯文須省略一些字才簡煉。比如第一例 Whatsoever might be the future date of my History 直譯應爲「無論我的史書的將來的日子是怎樣」，意思就不明白，我們必須加字譯爲「我的史書將來流傳的日子無論多麼久」。第二例「人們和掌權者持異見時還被允許……」加了「時」字文氣才順，加了「還」字語氣才足。第三例 struggle along... against the whole weight of a universe 直譯應爲「孤獨地向宇宙的全副重壓奮鬥」，但是意思不如「孤獨地奮鬥，去撐持（或抵擋）宇宙的全副重壓」那麼醒豁。至於虛字的省略是很容易見出的，第一例 and a sober melancholy was spread over my mind 中 and（而且）和 my（我的）都可以不譯。中文用虛字比西文較少，這是文字習慣，可省略的就不必要。

這是關於語句組織的幾大困難。此外像詞句的位置，駢散長短的分配，中西文也往往不同，翻譯時我們也須費心斟酌。在這裡我們可趁便略談直譯和意譯的爭執。所謂「直譯」是指依原文的字面翻譯，有一字一句就譯一字一句，而且字句的次第也不更動。所謂「意譯」是指把原文的意思用中文表達出來。不必完全依原文的字面和次第。「直譯」偏重對於原文的忠實，「意譯」偏重譯文語氣的順暢。那一種是最妥當的譯法，人們爭執得很厲害。依我看，直譯和意譯的分別根本不應存在。忠實的翻譯必定能儘量表達原文的意思。思想感情與語言是一致的，相隨而變的，一個意思只有一個精確的說法，換一個說法，意味就完全不同。所以想儘量表達原文的意思，必須儘量保存原文的語句組織。因此，直譯不能不是意譯，而意譯也不能不是直譯。不過同時我們也要顧到中西文的習慣不同，在儘量保存原文的意蘊與風格之中，譯文仍應是讀得順口的中文。以相當的中國語文習慣代替西文語句習慣，而能儘量表達原文的意蘊，這也並無害於「直」。總之，理想的翻譯是文從字順的直譯。

一般人所謂直譯有時含有一種不好的意思，就是中西文都不很精通的翻譯者，不能融會中西文的語句組織，又不肯細心推敲，西文某種說法恰當於中文某種說法，一面翻字典，一面看原文，用生吞活剝的辦法，勉強照西文字面順次譯下去，結果譯文既不通順，又不能達原文的意思。許多這一類的譯品讀起來佶倔聱牙，遠比讀原文困難，讀者費很大的氣力還抓不住一段文章的意思。嚴格地說，這並不能算是直譯。

一般人所謂意譯也有時含有一種不好的意思，就不求精確，只粗枝大葉地摘取原文大意，有時原文不易了解或不易翻譯處，便索性把它刪去，有時原文須加解釋意思才醒豁處，便硬加一些話進去。林琴南是這派意譯的代表。他本不通西文，只聽旁人講解原文大意，便用唐人小說體的古文敷衍成一部譯品。他的努力不無可欽佩處，可是他是一個最不忠實的譯者。從他的譯文中見不出原文的風格。較早的佛典翻譯如《佛教遺經》和《四十二章經》之類，讀起來好像中國著述，思想和文章風格都很像是從印度來的。英國人譯布瓦洛（Boileau）的《詩藝》，遇著原文所舉的法國文學例證，都改用英國文學例證代替。英美人譯中國詩常隨意增加原文所沒有的話，以求強合音律。這些都不足為訓，只是「亂譯」。

提起「改譯」，人們都會聯想到英人 Fitzgerald 所譯的波斯詩人奧馬康顏的〈勸酒行〉。據說這詩的譯文比原文還好，假如這樣，那便不是翻譯而是創作。譯者只是從原詩得到一種靈感，根據他的大意，而自己創作一首詩。近來我國人譯西方戲劇，也有採用這種辦法的。我們對於這一類成功嘗試不必反對，不過從翻譯的立場說，我們還是要求對原文儘量的忠實。縱非「改譯」，好的翻譯仍是一種創作。因爲文學作品以語文表達情感思想，情感思想的佳妙處必從語文見出。作者須費一番苦心才能使思想情感凝定於語文，語文妥貼了，作品才算成就。譯者也必須經過同樣的過程。第一步須設身處在作者的地位，透入作者的心竅，和他同樣感，同樣想，同樣地努力使所感所想凝定於語文。所不同者作者是用他的本國語文去凝定他的情感思想，而譯者除著了解欣賞這情感思想融成一個新的作品。因爲這個原故，翻譯比自著較難；也因爲這個原故，只有文學家才能勝任翻譯文學作品。

L006

談文學

作　　者　朱光潛

發 行 人　林慶彰
總 經 理　梁錦興
總 編 輯　張晏瑞
編 輯 所　萬卷樓圖書股份有限公司
臺北市羅斯福路二段 41 號 6 樓之 3
電話 (02)23216565
傳真 (02)23218698

發　　行　萬卷樓圖書股份有限公司
臺北市羅斯福路二段 41 號 6 樓之 3
電話 (02)23216565
傳真 (02)23218698
電郵 SERVICE@WANJUAN.COM.TW
香港經銷　香港聯合書刊物流有限公司
電話 (852)21502100
傳真 (852)23560735

ISBN 978-626-386-028-5
2023 年 12 月再版一刷
定價：新臺幣 280 元

如何購買本書：

1. 劃撥購書，請透過以下郵政劃撥帳號：
   帳號：15624015
   戶名：萬卷樓圖書股份有限公司
2. 轉帳購書，請透過以下帳戶
   合作金庫銀行　古亭分行
   戶名：萬卷樓圖書股份有限公司
   帳號：0877717092596
3. 網路購書，請透過萬卷樓網站
   網址 WWW.WANJUAN.COM.TW

大量購書，請直接聯繫我們，將有專人為您服務。客服：(02)23216565　分機 610

如有缺頁、破損或裝訂錯誤，請寄回更換

版權所有・翻印必究

Copyright©2004 by WanJuanLou Books CO., Ltd.

All Rights Reserved　**Printed in Taiwan**

國家圖書館出版品預行編目資料

談文學/朱光潛著. -- 再版. -- 臺北市 ：萬卷樓圖書股份有限公司, 2023.12

面；　公分. -- (朱光潛文集)

ISBN 978-626-386-028-5(平裝)

1.CST: 文學

810　　112021558